悪辣執事の
なげやり人生 1

江本マシメサ

Mashimesa Emoto

レジーナ文庫

登場人物紹介
ヴィクター
ガーディガン伯爵家の当主。
類稀《たぐいまれ》なる美貌の持ち主だが、
気難し屋で常に自室に籠っている。
軍人時代に大怪我を負い、
片手片足が不自由。
アルベルタ
田舎の貴族令嬢。
誰にも頼らずに生きていくのがモットー。
工場勤めをしていたが、
ひょんなことから
女執事として働くことに……

コーデリア
ヴィクターとイザドラの母親。
息子に変な虫がつかないよう、
常に目を光らせている。
ヨランダ
ガーディガン伯爵家の女中頭。
長年仕えているため、
伯爵家のことを知り尽くしている。
ラザレス
ガーディガン伯爵家の従僕《フットマン》。
同じ使用人として、
いつもアルベルタを気にかける。
イザドラ
ヴィクターの妹。
複雑な生い立ちにより、
我儘《わがまま》に育つ。
甘いお菓子が大好き。

目次

悪辣執事のなげやり人生 1

第一章　人生とは、ままならぬものである

妙齢の女性が、目の前の大きな屋敷を切なげに見上げている。

彼女はアルベルタ・フラン・ド・キャスティーヌ。齢《よわい》は二十六。工場勤めの労働者である。アーモンド型の目に、スッと通った鼻筋。短く切り揃えられた濃いブラウンの髪はところどころ撥《は》ね広がり、化粧《けしょう》っ気《け》はまったくない。服装もシャツにズボンという飾《かざ》り気《け》のない恰好で、全体的に地味な美人という印象だ。

アルベルタが見上げているのは、大貴族ガーディガン伯爵家の都市邸宅《タウンハウス》。赤煉瓦造《あかれんがづく》りの四階建てで、街の中でもひときわ大きな屋敷であった。

前当主が亡くなり、今は息子が当主を務めているというガーディガン伯爵家は、各地に広大な領地を保有している。その豊かな大地の一部を農業や畜産業を営《いとな》む者たちに提供し、そこで生み出された野菜や乳製品を、商人を介して売り捌《さば》いているのだ。また、王都の周囲の土地は中流階級者の住宅用として、あるいは商業利用地として貸し与えて

いる。

よってガーディガン伯爵家の者たちは、何もせずとも自動的に大量の収入が転がり込んでくるという、羨《うらや》ましい環境にいた。労働者であるアルベルタにとっては、雲の上の存在である。

なぜ、彼女がこんなところにいるのか。それは、ガーディガン家の前当主夫人コーデリアから突然届いた手紙が原因なのだが――

面倒事を早く片付けるために、アルベルタは夜勤明けの疲れた体に鞭《むち》うちやってきた。彼女の住む工業地帯の街からここまで、馬車で一時間半ほどかかる。乗り合い馬車の御《ぎょ》者《しゃ》からしっかりと乗車証明を書いてもらったので、交通費は伯爵家に請求する心算《しんさん》であった。

手紙の内容を思い出すと、自然と眉間《みけん》に皺《しわ》が寄る。その刹那《せつな》、ちょうど門から出てきた青年と目が合った。

「……」

「……」

アルベルタを訝《いぶか》しげに眺める、見目《みめ》麗《うるわ》しい黒髪の青年。華美なお仕着《しき》せをまとう彼の顔立ちには、どこか幼さが残っている。まだ二十歳にもなっていないのだろう。

仕立てのいい服を着ているので、外見が重視される従僕《フットマン》だろうな、などと考えつつジロジロ観察していると、青年が口を開いた。

「……申し訳ありませんが、面接なら通用口へ回っていただけないでしょうか？　そこの柵《さく》に沿ってくるりと半周した先にありますので」

「ああ、悪かったね」

貴族の屋敷の玄関は、主人一家が出入りしたり、客人を出迎えたりする場所だ。使用人や贔屓《ひいき》にしている商人などは、屋敷の裏側の通用口を使用する。

どうやらアルベルタは、使用人の採用面接に来た者と間違われたようだ。

実際には面接に来たわけではなく、立派な客人であったが、恰好がまずかった。上下の服はアイロンがかかっておらずくたびれ、短い髪の毛はあちこち撥《は》ねている。これで真っ当な客人と思われるほうが不思議なのだ。

自《みずか》らの不手際《ふてぎわ》を反省し、言われた通りに裏口へと回り込む。

通用口の鐘を鳴らすと、先ほどの青年が扉を開き顔を覗《のぞ》かせる。アルベルタがガーディガン伯爵家の家紋がついた手紙を見せて名乗った途端、青年は焦ったような表情を浮かべ、客間に案内してくれた。

贅《ぜい》が尽くされた家具などを眺めていると、紅茶と軽食が用意された。

給仕《きゅうじ》をする客間女中《パーラーメイド》が、主人が来るまでもうしばらくお待ちください、と言う。しばし軽食や紅茶を楽しんでいたら、アルベルタに手紙をよこした人物——コーデリア・ガーディガンが客室へとやってきた。

あまりに美しい婦人の登場に、アルベルタは思わず瞠目《どうもく》する。

輝く金髪を左右から三つ編みにし、後頭部でまとめている。これは最近の流行の髪型だ。ドレスは床に付きそうなほど長く、お尻の部分にはボリュームたっぷりの腰当て《バッスル》が用いられ、それによって腰が細く見えるようになっている。

アルベルタはその恰好を見て、婦人はこの後茶会にでも出かけるらしいと見当をつけた。そのため、準備に時間がかかっていたのだろう。

コーデリアとアルベルタは簡単に挨拶《あいさつ》を済ませると、向かい合って座った。

ガーディガン前伯爵の年齢から察するに、夫人であるコーデリアはおそらく四十代だろう。しかし、目の前の夫人は決して四十代には見えない。貴族の女性とは恐ろしいと、アルベルタはそっと目を逸《そ》らした。

「何か、失礼なことを考えていらっしゃらない？」

「いいえ。とんでもないことでございます、奥様《マダム》」

しれっとした顔で、アルベルタはコーデリアの追及をかい潜《くぐ》る。

「それで、お話とは？」

「ええ、そうだったわね」

コーデリアは先ほどの従僕《フットマン》に目で合図を送り、銀の盆を持ってこさせた。そこには一通の手紙が載っている。

「お義母様《かあさま》からのお手紙よ。あなたに」

その言葉に、ハッと息を呑む。

何を隠そうアルベルタは、かつてコーデリアの義母であるマルヴィナ――ガーディガン伯爵家の大奥様に仕えていたのだ。

田舎《いなか》の子爵令嬢であったアルベルタは、幼い頃から両親とそりが合わなかった。そこで十二歳の時に花嫁修業と称し、一人暮らしをしていたマルヴィナのもと、雑役女中《メイドオブオールワークス》の仕事に就いた。

マルヴィナに使用人としてのありかたや、貴族としての教養を厳しくしつけられたアルベルタ。彼女は十年間、主人に心から仕え、教えを乞《こ》うてきた。

女中の仕事に反対していた父親からは、そんな仕事はさっさと辞めて見合いをしろ、と再三手紙を受け取った。しかし、アルベルタはすべての見合いを断ってマルヴィナの傍《そば》に居続けた。年老いて一人きりの彼女を、見捨てることができなかったのだ。

けれどほどなくしてマルヴィナは寝たきりとなって亡くなり、アルベルタは伯爵家からあっさり解雇された。マルヴィナと絶縁状態にあった息子の弁護士より、相場よりも少ない退職金を支払われて――

アルベルタが見合いを断り続けたことによって、実家とは疎遠になっていた。加えて紹介状もない状態では、次の仕事を見つけるのは困難であった。

結局、女中の仕事に就くことはできず、工場で働く決意をしたのが四年前の話だ。

なぜ今さら――と思いつつ、盆に載った手紙を眺める。

その手紙はひどく黒ずんでいたが、〝アルベルタ・ベイカーへ〟という宛名は辛《かろ》うじて読める。

なおも手紙を見つめていると、コーデリアが簡単に事情を説明し始めた。

コーデリアの夫であった前伯爵は、なんと実母であるマルヴィナの死を、家族に黙っていたという。そしてその死が明らかになったのは、前伯爵が急病で亡くなった数日後のことで、コーデリアが弁護士に義母の所在を尋ねたことによって判明したのだ。

前伯爵が生きている間、コーデリアは義母について聞くことを禁じられていたらしい。

「あなたを探すのに苦労したわ。名前が変わっているんですもの」

困ったコーデリアは、探偵を使ったという。

調査の結果、手紙の宛名にあったアルベルタ・ベイカー子爵令嬢は、国内のどこにも存在しないことが判明した。実はこの四年の間にアルベルタの両親は離婚し、アルベルタは母方の姓を名乗っていたのだ。

ちなみに実家とは絶縁状態であるため、アルベルタはベイカー子爵家が今どうなっているかは知らない。ただ、おそらく兄が結婚して爵位を継いでいるのだろうと思っている。

アルベルタは一度濡れて、乾いたような手触りの手紙を開封した。

しかし、便箋《びんせん》は全体的に黒ずんでおり、インクも滲《にじ》んでいて解読不可能な状態だった。

「お義母様《かあさま》は、三人に手紙を書いていたみたい。わたくしとわたくしの息子、そしてあなたに。けれど、息子とあなたの手紙は湿気で駄目になっていたわ。義母が亡くなってからずっと、物置きに入れてあったから」

「そう、でしたか」

アルベルタは胸ポケットに手紙を仕舞いこみ、頭を下げた。

瞼《まぶた》がじわりと熱くなる。

あの頑固なマルヴィナが、ただの使用人であった自分を気にかけてくれていたことが、何よりも嬉しかった。

アルベルタは工場勤めの劣悪な環境の中で、すっかりやさぐれていた。

解雇された伯爵家に呼び出され、てっきり面倒事に巻き込まれるのだとばかり思っていたが、久々に温かな気持ちになった。また明日から頑張ろうという決意を胸に、その場を辞そうとしたのだが――なぜか引き止められてしまった。

「まだお話は終わっていないのよ」

アルベルタは、訝《いぶか》しげな表情を浮かべる。

「わたくしへの手紙に、あなたのことをよろしくと、書いてあったの。だから、あなたをここで雇おうと思っているのだけれど」

コーデリアの発言を聞き、アルベルタはパチパチと瞬《まばた》きした。突然の申し出に言葉を失ったが、すぐに我に返る。

「それは――」

「今ね、ちょっとした事情が重なって、使用人を沢山解雇してしまったのよ。人手不足だから、お義母様《かあさま》が認めていたあなたが働いてくれると助かるのだけれど」

「奥様《マダム》、それは無理な話でございます」

「……どうしてかしら？」

アルベルタは、黒い油が爪の中にまで染みこんだ両手をコーデリアに示す。

「……このように、私の手は上流階級の方に仕える者の手ではありません」

丁寧に洗っても取れないその汚れは、四年も工場勤めをしていれば気にならなくなっていた。

コーデリアは油で黒ずんだ爪先を見て顔をしかめている。しかし、それは汚れ仕事を知らない貴人としては真っ当な反応なので、アルベルタは気にしない。

彼女は十年もの間、使用人としてマルヴィナに仕え、貴族の子女としての礼儀作法なども習った。アルベルタには厳しく辛い毎日だったが、愛ある指導だったので、なんとか耐えることができたのだった。

しかし、その経験や教えも、四年間の工場勤めで失ってしまった。使用人としての礼儀も、貴婦人としての身のこなしも、すっかり忘れている。

これで納得してくれたかと思ったが、コーデリアは構わず話を続けた。

「お義母様《かあさま》は、厳しい御方だったけれど、わたくしにとっては良い姑《しゅうとめ》だったの。だから、最後の願いくらいは叶えたいと――」

「しかしながら奥様《マダム》、私の貴族としての矜持《きょうじ》は労働の中ですっかりすり潰れて、なくなってしまいました。なので、ここで働いたら失礼なことをしてしまうかもしれません」

そしてアルベルタは、もう人に仕える仕事はできないと、はっきり伝えた。けれど、コーデリアも引かない。

「だったら、一年契約で働いてくれないかしら？　退職金も百ポンド出すわ」

百ポンド――貴族に仕える上級使用人、一年分の給料に相当する金額だ。それから
さらに、伯爵家の都合で解雇する場合も同じ金額を支給して、次の職場も斡旋《あっせん》するとい
う好条件も示された。

アルベルタが一年間あくせく働いて稼ぐお金は二十ポンドほど。コーデリアの提案は
実に美味《おい》しい話だった。

アルベルタは戸惑いながらも、申し出を受け入れることにした。

「……おそらく、粗相《そそう》してしまうと思いますが」

「気になったら即座に解雇するわ」

「左様でございますか。ならば」

さっそく従僕《フットマン》が運んできた契約書に目を通し、問題ないことを確認するとアルベル
タは署名した。しかし次の瞬間――

「ああ、よかったわ。執事をどうしようかずっと悩んでいたのよ」

――耳を疑うような言葉が聞こえた。

焦ったアルベルタは、もう一度契約書の内容を確認する。

書いてあるのは就業規則だけで、職種は記されていなかった。もう一度よく読み直そ

うとしたところ、従僕《フットマン》に書類を回収されてしまう。

「ふと思いついたの。あなた、すらりとしていて背も高いし、女性用のお仕着《しき》せよりは執事用の服装のほうが似合うんじゃないかって」

確かにこの短い髪の毛では、ヒラヒラの女中服《メイド》は似合わないだろうな、とアルベルタは考える。身長も、近くに立っている従僕《フットマン》とさして変わらない高さだった。しかし――

「仕事着は亡くなった主人のものを仕立て直せばいいわね」

コーデリアはそう言って優雅に立ち上がり、残りの手続きを従僕《フットマン》に命じる。

「そんなわけだから、これからよろしく頼むわね、アルベルタ」

「マ、奥様《マダム》！　待ってください！」

アルベルタの制止も空《むな》しく、コーデリアは部屋から出ていってしまった。

部屋に残されたアルベルタは、額を押さえて深々とため息をつく。

手紙を受け取ってすぐに帰るつもりが、なぜこんなことになってしまったのだろう。

「――奥様は、前の執事に襲われそうになったんだよ。だから、女性であるあんたに頼んだんじゃね？」

突然馴《な》れ馴《な》れしい言葉遣いで話しかけてきたのは、先ほどの従僕《フットマン》である。

アルベルタはキッと睨《にら》みつけるが、彼は構わず言葉を続けた。

「あ〜あと、ここ一ヶ月で女中が十人免職になったんだけどさあ、全員、軍を辞めて帰ってきた旦那様に色目を使ったからなんだ。なんっつーか、旦那様にも原因があるっていうか、ないっていうか。まあ、有無を言わさずに解雇になって可哀想でもあるけれど」

ガーディガン家の現当主ヴィクターは現在二十八歳で、父親の死をきっかけに、実家に十四年ぶりに帰ってきたのだという。

軍に所属していた彼は、戦場で左足と右手を負傷し、後遺症が残った。左足は今も歩行が困難なので、常に杖が必要なのだという。

もともと家を継ぐ気はまったくなかったのだが、母親に懇願《こんがん》されて仕方なく継ぐことになったとのことだった。

そんなヴィクターは、女性ならばだれもが振り返るような美しい容姿をしている。

そのため、突如として帰ってきた美貌の主人に、若い女中達が骨抜きにされてしまうのも無理はなく――

「大切な息子をたぶらかされたら困るって、大奥様は女中を解雇しまくったんだよ。だからうちは目下《もっか》、人手不足。そんなこんなで、旦那様は魔性の男、なんて使用人の間で囁《ささや》かれている」

従僕《フットマン》は、うっかり魅入《みい》られないように気を付けろよ、とアルベルタの肩を叩く。

その注意喚起《かんき》に、アルベルタは思わず苦笑してしまう。

「その、なんて言うか、ここは——とても愉快な職場、だね」

ありがたい情報を沢山提供してくれた従僕《フットマン》に、情報料として一ペニー硬貨を手渡した。

受け取った従僕《フットマン》は、労働者階級の多くが使っている硬貨を見て不思議そうな顔をしている。

アルベルタは、彼はお坊ちゃんなのだろうな、と鼻先で笑ってから椅子から立ち上がった。

従僕《フットマン》の「次は三日後に来てくれ」という言葉を聞きながら、彼女は伯爵邸をあとにしたのだった。

◇◇◇

伯爵邸を訪れた日から三日後。

アルベルタは工場を辞め、荷物をまとめて伯爵邸に引っ越した。

一応服装も気遣って、街で白のブラウスと長い紺色のスカートを買った。これは労働者階級の一般的な女性の姿だ。髪の毛も櫛《くし》で丁寧に梳《と》かしてきたので、前回のようなみすぼらしい姿ではないはず、と思いこんでいる。そして、今回は屋敷の裏にある通用口の鐘を鳴らした。

出迎えたのは、あの口の軽い従僕《フットマン》。さっそく出会い頭《がしら》に失礼な言葉を投げつけてくる。

「お前、その服どこで買ってきたんだよ。色々ひどいぞ」

「そうかな？」

個人的には清潔感があって似合っていると思っていたので、従僕《フットマン》の言葉に首を傾げる。彼に言わせれば、寸法が合っていないので不恰好とのこと。出来合いの服を買うのはいつになっても苦手だと、元令嬢のアルベルタはため息をついた。

従僕《フットマン》に衣装部屋へと案内されると、そこには三人の女中が待機していた。衣装合わせをするようにと言って、従僕《フットマン》は部屋から出ていった。

アルベルタがぼんやりする中、女中達はさっそく採寸し、前伯爵の礼服を素早く着せてくる。

彼女達は驚くような速さで裾《すそ》を詰め、腰回りを補正し、袖丈《そでたけ》も調整していった。

他人からのお世話を受けるのは久しぶりであったが、令嬢として過ごしていた頃を思い出し、大人しく受け入れることにする。

完全に体に合うものになったわけではないが、パッと見て違和感を覚えない程度には仕上がっている。仕事着として渡された服は全部で五着あった。他の四着は綺麗に直しておくからと女中から言われ、部屋を出た。

すると、外で待機していた従僕《フットマン》に別の部屋へ連れていかれる。次に到着したのは化粧台などが乱雑に置かれた部屋で、女中の休憩室の一つだと説明を受ける。

アルベルタは仕事着が汚れないよう上半身と膝に布をかけられ、手の空《あ》いている女中に化粧をしてもらうことになった。

工場では白粉《おしろい》の粉が製品に付着するのを防ぐため、化粧は禁じられていた。よって、アルベルタは化粧品など所有しておらず、本日はすっぴん状態だったのだ。コーデリアの身の回りの世話をしている女中から、「女性の化粧は職場での礼儀なので、必ず毎日してくるように！」と怒られてしまった。

元々肌が白いので、そんなに濃く塗る必要はないだろうと言われ、薄く施《ほどこ》された白粉《おしろい》に、唇の色に近い紅《べに》を引かれる。最後に整髪剤で前髪を横に流して固められた。これで一応、執事らしく見える。

準備が整い、アルベルタはコーデリアのもとへと連れていかれた。

完成した執事姿を見せると、及第点との評価だった。

さっそく仕事に就くにあたって、いくつかの注意点を告げられた。

「そうそう。あなた、戦火を逃れてやってきた隣国の没落貴族、という設定にしておきなさい。たしか、あなたの母上は隣国出身だったでしょう」

コーデリアの言葉に、アルベルタは訝《いぶか》しんだ。

「それは構いませんが、どうして？」

「女性の執事なんて前例がないからよ。やむをえない事情があることにしておいたほうがいいでしょう」

アルベルタの母親の故郷では、過去に市民が王族や貴族に対して謀反《むほん》を起こし、王政が崩壊してしまったのだ。その騒ぎで一部の貴族は亡命し、いまだに自国に帰れずこの国で暮らし続けている者も多い。そのうえ、隣国は最近激しい戦火に呑み込まれているらしく、多くの貴族達が避難しに来ているのだ。

「気の毒な境遇の高貴な女性が、仕方なく執事をする、ということでいいわね」

「仰《おお》せの通りに」

それに加え、もしアルベルタがおかしな言動を取った時に、異国人だから、と言い逃れするための対策でもあるとコーデリアは語る。

「ラザレス、しばらくはアルベルタの補助を頼むわね。事情を知っているのはあなただけだから」

「わかったよ」

コーデリアは彼の返事に顔をしかめた。

「これは主人としての命令よ。たしかにあなたはわたくしの甥だけれど、今は使用人の一人――勘違いしないで」

「……わかりました」

コーデリアは改めて従僕《フットマン》の紹介をする。ラザレス・アーチボルト。ガーディガン伯爵家の従僕《フットマン》で十八歳。子爵家の三男で、父はコーデリアの兄である。

従僕《フットマン》ラザレスがこの家の内情に詳しい理由がわかり、彼がただの噂好きでないことが判明した。


それから、ラザレスは他の使用人にアルベルタを紹介するため、とある場所へ案内した。

まずは使用人達の本拠地で、屋敷の一階――階下と呼ばれる場所にある厨房《ちゅうぼう》だった。

そこで紹介されたのは、数少ない上級使用人の一人である料理長。

仕事中に呼びつけられて不機嫌顔《ふきげんがお》の料理長は、齢《よわい》四十位の男性であった。男装をしているアルベルタを見るなり顔をしかめた。

『なんだ、この女、男の恰好をして。気持ち悪い奴だな』

料理長は、異国の言葉で暴言を呟《つぶや》く。だが、偶然にもそれは彼女にとって馴染《なじ》み深い、母親の故郷の言葉だった。ゆえに、はっきりと理解してしまう。

二人の間に流れる不穏な空気に気付かないラザレスは、決めていた設定を口にした。

「あ〜、こいつは隣の国からこっちに亡命してきた貴族の気の毒過ぎるお嬢さんで、アルベルタ〜……あれ、なんだっけ？」

「アルベルタ・フラン・ド・キャスティーヌ」

「ああ、そう、それ。こっちのおっさんはラファエル・ジョルジュだ」

それを聞くと、ラファエルは驚きの表情を見せた。まさか、目の前にいる男装の女が同郷の者で、しかも貴族だとは思いもしなかったのだろう。隣国で名前の間に「ド」が付くのは貴族である証《あかし》だ。

「あ、そういえば、ラファエルも異国人だったたな。どこの出身だったっけ？」

料理長は、従僕《フットマン》の問いかけを完全に無視している。

「ん、聞こえなかったのか？　ラファエル、出身は――」

「はじめまして、ジョルジュさん。こちらの言葉は不慣れなので、何か変なところがあったらどんどん指摘をお願いします」

「故郷の言葉は大歓迎なので、いつでも話しかけてくださいね」

「……あ、ああ」

そんなことを言ったアルベルタだったが、もちろん隣国の言葉は堪能ではない。聞き取りは可能だが、喋《しゃべ》りはカタコトで怪しい。

アルベルタの働いていた工場では、先ほどのジョルジュの暴言よりもひどい言葉が飛び交っていた。そのため、アルベルタはたいして気にしているわけではなかったが、好きで男装しているわけでもないのでつい意趣返しのようなことを言ってしまったのだ。

気まずい空気を残したまま、従僕《フットマン》と執事の二人は厨房《ちゅうぼう》を去った。

次に向かったのは二階にある部屋。ノックをして入ると、そこにいたのは、艶《つや》やかな黒髪を縦に巻いた、気の強そうな十代前半の美少女だった。

「――誰？」

まるで汚いものを見るかのような顔でアルベルタを一瞥《いちべつ》した少女は、ラザレスに問いかけた。

「アルベルタ・フォン、なんとか、さん。新しい執事だ」

「え？　なんで女性なんかが執事を？」

「決めたのは大奥様だからさ、詳しくはそっちから聞いてくれ」

強気な態度で挑むようにアルベルタの前に立った少女だが、コーデリアの名前が出た途端に、表情が暗くなった。

ラザレスはその表情に気付かないのか、続けて言う。

「こいつはイザドラ。ヴィクターの妹」

「呼び捨てにしないでちょうだい！　それにお兄様は旦那様、でしょう？　今のあなたは従兄弟《いとこ》ではなくて従僕《フットマン》、立場をわかっているのかしら？」

「はいはい。申し訳ありませんでした、イザドラオジョウサマ」

「ラザレス・アーチボルト、口の利き方に気を付けなさい」

顔を真っ赤にして怒るイザドラを、ラザレスは飄々《ひょうひょう》と受け流す。燃え上がった怒りの炎は、なぜかアルベルタに飛び火した。

「あなた、アルベルタとか言ったかしら？　いいこと、女性の執事なんて認めないんだからね！」

「左様でございますか」

なんと答えればいいのかわからなかったので、当たり障りのない返事をしたが、それすらもイザドラの神経を逆撫《さかな》でする結果となってしまう。

感情的《ヒステリック》になって叫ぶイザドラの声を聞いて、誰かが部屋の外から声をかけた。

「一体、なんの騒ぎです？」

扉を開けて入ってきたのは、四十代後半位の中年女性。女中がまとっているようなお仕着《しき》せではなく、動きやすく裾《すそ》の長い、地味な色合いのワンピースに、腰の部分には紐《ひも》でまとめた鍵の束をぶら下げていた。

その厳しそうな顔をした女性とイザドラを見て、アルベルタはこの家の禁句を口にする。

「おや、二人共よく似ている……？」

それを聞いた中年女性は、サッと青くなって息を呑んだ。

彼女の名はヨランダ・コート。ガーディガン伯爵家の女中頭《じょちゅうがしら》で、勤続三十年――使用人の中でも重鎮とされている人物。そして、前伯爵の愛人であり、イザドラの実の母親だったのだ。

もちろん、この屋敷に来たばかりのアルベルタはそれを知る由《よし》もなく……ヨランダとラザレスが言葉を失っている中、事情を知らないアルベルタとイザドラだけが、状況を理解できずにポカンとしていた。

部屋を辞したあと、アルベルタはラザレスに腕を強く引かれ、休憩室に連れ込まれてしまった。

ガーディガン伯爵家の前当主であったルシアン・ガーディガンには、十七歳の頃から恋人がいた。その娘の名はヨランダ・コート。言わずもがな、現伯爵家の女中頭《じょちゅうがしら》である。

伯爵家の跡継ぎと、労働者階級の女中。

彼らが結ばれる未来などあるはずもなかったが、惹かれあった男女は欲望のままに愛を深めていた。当然、二人の恋は長い間秘密裏にされていたが、ルシアンがアーチボルト子爵家の令嬢、コーデリアと結婚し、長男であるヴィクターが生まれた年に、関係が露見《ろけん》してしまったのだ。

初めに気付いたのは妻であるコーデリアだった。妊娠中に不審な行動を繰り返す夫を疑い、使用人を使って調査し、発覚したのである。

その事実を知ったルシアンの母親であるマルヴィナは、今すぐ別れて、ヨランダを解雇するようにと息子に命じた。ところが、彼の父親である当時の伯爵が、その決定に待ったをかける。

ルシアンは幼い頃より医者になりたいと夢見ていたが、伯爵家の跡取りだったため諦めざるを得なかった。爵位を継ぐという将来を押し付けられ、夢を奪われる息子の人生を気の毒に思った父親は、心から愛する人までも奪ってはいけないと、そう言ったのだ。

もちろん、マルヴィナはそんな甘い考えを認めるわけにはいかなかったので、それから何度も息子に別れるよう責め立てることになる。その問題が親子の間の確執となり、長年にわたる争いの種になった。

反対に、コーデリアは大人しく義父の考えに従っている振りをしていた。

心の中は黒く燃え滾《たぎ》っていたが、それすら朗《ほが》らかな笑顔の下に何年も押し隠してきたのだ。

それが夫への愛が変化した感情なのか、それとも何もないところから生まれた黒い感情なのか、今となってはコーデリア自身にもわからなくなっている。

転機はそれから十数年後に起こった。なんとルシアンの愛人ヨランダが妊娠し、子どもを産んだのだ。

ルシアンの父親は適当に養育費を払えばいいと考えていたが、信じられないことにルシアンはその子どもを自分の子として引き取ると言い出した。

その話を聞いたマルヴィナは激怒し、息子と愛人、生まれたばかりの子どもをまとめて追い出そうとしたが、やはり、この時も夫に止められてしまう。

これだけは認めるわけにはいかないとマルヴィナは繰り返し反対していたが、突然の伯爵の死によって事態は急変する。伯爵家の当主としての権力を手に入れたルシアンは、母親を家から追い出したのだ。

ルシアンの愚行《ぐこう》を見た息子ヴィクターが家に寄りつかなくなったのは想定外の出来事であったが、ルシアンはヨランダが産んだ娘イザドラの婿に伯爵位を譲ればいいと、簡単に考えていたらしい。

「それで伯爵家は、しばらくの間諍《いさか》いはなくなり――」

「……長い」

「いや、怖いのはこれからなんだって!!」

先ほど、イザドラと女中頭《じょちゅうがしら》を見て、余計な呟《つぶや》きをしてしまったアルベルタは、ラザレスに誰もいない休憩室へと連行された。そして、これからの生活で迂闊《うかつ》な発言をしないために、この家の事情を聞かされていたのだった。

「その話はペラペラと喋《しゃべ》っても平気なの？」

「だってお前がさっきみたいに、この家の特大地雷を踏みそうで恐ろしいんだよ!!」

アルベルタは伯爵家のドロドロとした裏事情に、うんざりしている。

「それで続きだけれど、話してもいいか？」

「……どうぞ」

「それで、結局、ルシアン叔父さんに文句を言う人がいなくなったから、イザドラは伯爵家の長女として引き取られた。でも、なぜかコーデリア叔母さんは乳母に預けるのではなく、自分が育てると言ったんだ」

「なぜかって、母性本能が刺激されたからでは？」

「違う。復讐だよ」

コーデリアは自分の子どもではないイザドラを、まるで目に入れても痛くないというように可愛がった。そんな妻を、夫であるルシアンは大切にしだしたという。

一方で、夫婦の幸せそうな光景を、ただの女中であるヨランダは眺めることしかできなかった。自分の子どもが不倫相手の妻に抱かれている。そのうえ、愛する人の気持ちが遠ざかっていくことまで手に取るようにわかっただろう。

コーデリアはヨランダに絶望感を与えるため、従順で寛大な妻と母を演じていたのだ。

「そして、ルシアン叔父さんが亡くなって、ヴィクターが伯爵家を継ぐことになったのをきっかけに、コーデリア叔母さんはイザドラに冷たくするようになったんだよ」

アルベルタはそれを聞き、納得したように頷いた。

「それで、大奥様の話題になった時に、あの子は表情が暗くなったんだね」

「ああ。本当に、今まで仲良しの親子だと思っていたから、俺も驚いて。ヴィクターもイザドラの件には知らん顔だしね」

子どもに罪はないのに、気の毒な話だとアルベルタは考える。

「けれど、叔母さんの復讐はこれで終わりじゃなかったんだ」

「……いや、もういいよ」

アルベルタの言葉を無視して、ラザレスは語り続ける。

「数日前の女中の大解雇は、一見ヴィクターを狙う女を遠ざけるために見えたけど、本当は女中頭《じょちゅうがしら》であるヨランダを困らせようっていう意図があったらしい。人手不足を補うのに、一番苦労していたのはあの人だからな」

「ああ、確かに、彼女はひどく疲労困憊《ひろうこんぱい》していたね」

以上が【伯爵家で本当にあった怖い話】である。

「せいぜい、背後には気を付けるこったな」

「それは、どういう意味なのかな?」

「叔母さんもヴィクターも女中頭《じょちゅうがしら》も、皆、心の中に狂気を秘めているってこと。誰かの怒りと憎しみが最大値にまで膨れ上がって、この家で突然悲惨《ひさん》な殺人事件が起こっても何も不思議ではないってことだな」

「……それは、すごい」

話を聞き終わったアルベルタは、なんだか釈然としないような、モヤモヤした気分になる。

今もなお、復讐心を燃やしているコーデリア、家族の問題から目を背けるヴィクター、長年伯爵家に居座る亡き前当主の愛人ヨランダ。中でも、一番気の毒なのは何も知らないイザドラだろう。正直、職場としては最低最悪の環境であった。

だが、契約を交わした以上、一年間は働かなくてはならない。これも一種のマルヴィナへの恩返しだと思い、なんとか頑張ろうと腹を括《くく》った。

窓枠が北風でガタガタと物音をたてる。ふと視線を外に移すと、雪が降っていた。その寒々《さむざむ》とした風景は、現在の伯爵家を表しているようで切なくなる。

とりあえず、先ほどの話は聞かなかったことにしよう、とアルベルタは心に決めた。

だが最後に、ラザレスより注釈が付け加えられる。

「特に注意が必要なのはヴィクターだな。いつも持ち歩いている杖には仕掛けがあって、持ち手部分を捻《ひね》ると中から諸刃《もろは》が出てくる。そして服の下にも二丁、小型の銃を常に携帯しているらしい」

「まあ、なんと言うか、とても物騒《ぶっそう》なご主人様だね」

「ふざけたことを言っていると、問答無用で蜂の巣にされるからな。あの人は元軍人だ。武器の扱いに関しては専門分野だから、逃げれば大丈夫とか甘い考えは持たないことだ」

「極力気を付けるよ」

そして、アルベルタは問題の伯爵に紹介するからついてこいと言われ、嫌々それに従う。

二階にある、屋敷の中でも特に大きな書斎《ライブラリ》にヴィクターはいつもいるらしい。

戦争で足を悪くしているからか、あまり外へは出歩かないヴィクター。彼は夜会や晩《ばん》餐会《さんかい》にも顔を出さないので、【引き籠《こも》りの伯爵《アール》】と噂されているという。

「基本的にヴィクター……旦那様は使用人に興味がない。だから、反応は期待しないように」

「了解」

扉を叩いて部屋に入る。部屋の中は数本の蝋燭《ろうそく》が点《とも》っているだけ。昼間だというのにカーテンは閉ざされ、ひどく薄暗い。壁は本棚で埋まっているので閉塞感もかなりのものだ。

そして、執務机の椅子に腰かけている男は、ラザレスとアルベルタが入ってきても、書類へ向けた視線を動かすことはなく、驚きの無関心さを見せた。

アルベルタは蝋燭《ろうそく》に照らされたその美貌に、思わずハッとする。

絹糸のような滑《なめ》らかな金の髪は整髪剤で整えられておらず、前髪の隙間からはアイスブルーの瞳が覗《のぞ》いていた。顔つきは恐ろしいほどに整っており、絵に描いたような極上の美形がそこにあった。

だがしかし、伯爵家の裏事情を聞いたばかりのアルベルタは、彼の容姿をどうこう思う余裕などない。実に冷めた目で、彼を眺めていた。

一方で、ラザレスは新しく来た執事の紹介をし始めた。

「旦那様、新しい執事のアルベルタ・フラ……あー、えっと、キャス、キャスティーヌ？さんです」

いつまでも名前を覚えられないラザレスに笑いそうになりながらも、アルベルタは自《みずか》ら名乗った。

「アルベルタ・フラン・ド・キャスティーヌでございます」

案の定、ヴィクターは睫毛《まつげ》一本すら動かさない。その様子を見て、ついにアルベルタは噴き出してしまう。かたくなにこちらを無視する姿勢が、子どものようで滑稽《こっけい》に思えたのだ。

ぎょっとしたのはラザレスだった。笑うアルベルタに対しても反応を示さないヴィクターであったが、念のために言い訳をする。

「あーあの、この人は異国人で、しかも頭のネジが全部緩んでいる変わった人っていうか」

頭のネジが緩んでいる変人扱いをされたアルベルタは、さらに愉快になって声を上げて笑ってしまった。

「な、うわ、もう、どうしてお前は!!」

ラザレスは深くお辞儀をして、へらへら顔の執事を部屋から連れ出すことにしたらしい。

再び先ほどの休憩室に連れていかれ、説教をされる。

「お前な、さっきの話、理解していたか!?」

「伯爵家で本当にあった怖い話?」

「そうだよ!! 死人が出てもおかしくないって言っただろう!?」

「ふふ、悪かったね」

「本当にそう思っているのか!?」

詰め寄られたアルベルタは、どうでもいいとばかりにラザレスから視線を外す。

「さっきの件で解雇になったらどうするつもりだ?」

「さあ?」

「旦那様が直接解雇処分をすれば、退職金なんか出ないかもしれないぞ!?」

「ああ、大丈夫。その時はまた工場に戻るだけだから」

お金の話をしてもちっとも動揺しないし、解雇になっても気にしないというアルベルタに、ラザレスは呆然としている。

「お前、どうしてそう、なげやりなんだよ？　それに、女なのに、楽な仕事に執着しないなんて」

ラザレスの問いかけには答えずに、アルベルタはにっこりと微笑んで、答えを誤魔化《ごまか》す。

人に仕える仕事は、相手を尊敬できるかどうかが大切だと、彼女は考えていた。最初の印象で、ヴィクターはそれに値しない人物だと判断したのだ。

しかしヴィクターの親戚であるラザレスにはそれを言うわけにはいかない。

いくらなげやりな彼女でも、その辺の分別はついているのである。

説教が終わると、屋敷の三階にある女性使用人の居住区に案内された。入口は鍵でしっかりと施錠《せじょう》されている。ここから先は男性は入れないので、女中が引き継いで案内してくれた。

ガーディガン伯爵家の使用人達はほとんどが住み込みで働いている。

下級使用人は二人で一部屋を使い、上級使用人の執事や女中頭《じょちゅうがしら》、料理長などには個室が与えられる。アルベルタにも、西日が当たる一人部屋が準備されていた。

「お仕事は明日からのようです。食事などの決まりはそちらの冊子に」

「ありがとう」

このあとの時間は、荷物の整理などをして過ごすことになった。

◇◇◇

翌日、すがすがしい朝を迎えた。アルベルタはふわふわの布団の中で、夢見心地の気分でいる。

今まで暮らしていた工場の寮は二人部屋で、二段重ねの寝台がある部屋での共同生活だったのだ。寝台はカーテンで仕切られていたが、基本的には落ち着けるような空間ではなかった。しかも冬は寒く、夏は暑い厳しい環境であった。

それに比べてここは快適だ。広くはないが個室であり、寝台はいくら体重をかけてもギシギシとうるさい音を立てたりしない。布団も寮の硬い布団とは天と地ほども違う。

屋外にある風呂は共用だが、部屋には簡易洗面所と暖炉も付いている。

しかも、ここは王都でも数少ない電気が通る家であり、灯りなどはすべて電灯となっている。現在、王都での電気使用は、一部の屋敷の電灯、街灯、工場などに限られていた。

今まで蝋燭《ろうそく》の心もとない灯りで生活していたアルベルタにとって、電気が通る家というのは驚きだった。生活環境だけは最高である。

家人や使用人達については——衝撃的な話があった気がしたが、すでに頭の隅に追いやっている。

アルベルタは寝台から起き上がり、背伸びをして身支度を始める。

彼女の新しい日々が、始まろうとしていた。


執事の仕事は山のようにあった。

伯爵である主人のスケジュール管理に客人のおもてなし、屋敷に届く手紙の仕分け、銀器の手入れと管理、夜間の戸締まりなど、挙げたらキリがない。

そんな執事の一日は、新聞紙にアイロンをかけることから始まる。

届けられたばかりの新聞紙を台の上に広げ、その上に布を置き、熱したアイロンを押し当てた。

作業をしているとラザレスがやってきたので、挨拶《あいさつ》をする。

「おはよう。とても眠そうだね」

「ああ、おはよう。朝は駄目なんだ」

まだ太陽が昇って間もない時間帯だ。厨房《ちゅうぼう》では料理長と台所女中《キッチンメイド》が、主人一家の朝食を作るために忙《せわ》しなく働いている。

アイロンがけを終えたアルベルタは、新聞を冷ます間、視線を紙面に落としていた。

「水晶宮殿《クリスタルパレス》が完成したようだね」

「中心街にある、布で覆《おお》われた大きな建築物か」

新聞紙の一面には、【大文化展覧会の目玉、水晶宮が完成】という見出しが印刷されていた。

大文化展覧会とは自国の英知や文明を他国へ示す目的の催《もよお》し物で、多大な予算を使った世界的行事だ。

その展覧会のために建設されたのが、鉄骨とガラス張りで作られた水晶宮殿《クリスタルパレス》。中には商業施設、博物館、植物園に美術館など、国内のありとあらゆる流行が集まっていると書かれている。

アルベルタが完成したら行く予定だと言うと、ラザレスは意外そうな顔をする。

「おかしいかな？」

「いや、そういうのに興味なさそうに見えたから」

「興味は、大いにあるよ。とても美しい建築物だと聞いていたから」

水晶宮殿《クリスタルパレス》は展覧会が終了するとすぐに取り壊される予定となっている。見に行けるのは今しかない。けれど、ラザレスは人混みが嫌だから行かないと呟《つぶや》いている。

「つーかお前さあ、旦那様より先に新聞を読むなよ」

「役得だよ、これは」

言い訳をしながら、熱が取れた新聞を綺麗に折り畳んで銀盆に載せる。それを、食堂にいる主人へ運ぶのだ。


食堂ではコーデリアとヴィクターが優雅に食前の紅茶を啜《すす》っていた。

美しい二人の姿を、アルベルタは眼福《がんぷく》だと目を細めながら眺めている。朝食の配膳が終わる頃、イザドラがやってきた。

「おはようございます、お母様、お兄様」

沈黙。イザドラが食堂へ現れても、コーデリアとヴィクターはなんの反応も示さなかった。使用人も見ない振りをしており、アルベルタは異様な光景だと、顔をしかめる。

愛人の子どもを疎《うと》む母と息子。この事実は仕方ないが、見ていて不愉快であった。

使用人から家人に声をかけるのは禁じられていたが、アルベルタは一瞬の逡巡《しゅんじゅん》のあと、俯《うつむ》くイザドラに挨拶《あいさつ》をした。

「おはようございます、イザドラお嬢様」

イザドラは驚いた顔でアルベルタを見る。目が合うと、アルベルタは笑顔で椅子を引き、座るよう示した。

依然として、その場の雰囲気は険悪だったので、アルベルタは適当なことを言って誤《ご》魔化《まか》すことにした。

「今日は素晴らしくいい天気!! ——あ、曇天《どんてん》ですね。今のは忘れてください」

外は今日も薄暗く、雲が広がっていた。工業が盛んなこの国は、排気ガスの影響で一年のほとんどが雨か曇りで灰色の空だった。

聞こえよく「霧《きり》の都《みやこ》」とも呼ばれているが、空気は悪いし水は汚いというのが現状である。

張り詰めた空気の食堂であったが、アルベルタの発言によりいくらかマシになったようだ。

そして、静かな朝はゆっくりと過ぎていく。

朝食の給仕《きゅうじ》が終わると、アルベルタは女中頭《じょちゅうがしら》に呼び出され、イザドラへの声かけを叱咤《しった》されたのだった。

昼頃、アルベルタがせっせと床磨きをしていると、ラザレスがやってきた。

「お前、またやらかしたらしいな」

「お陰様でね」

アルベルタは手を止めずに返事をする。

「どうしてイザドラに声をかけたんだ？」

「なんだか、気の毒で」

「同情なんてしていたら、ここでの仕事は務まらない」

「……そうだね」

わかってはいたが、実際に目にしたら黙っていることなどできなかったのだ。

まだ幼い少女になんてひどいことをするのだろうと、アルベルタは朝の出来事を思い出して静かに憤《いきどお》っていた。

彼女はここでのあり方を固め、決意した。

なるべく感情は殺し、ヴィクターやコーデリアに素の自分を見せてはならないと。

そうでもしないと、とてもやっていけないとアルベルタは考えていた。

夕方。厨房《ちゅうぼう》の力仕事から解放されたアルベルタは、ラザレスと屋敷の地下に来ていた。

「いやあ、地下は寒いね」

「お前、元気だな」

ラザレスが気の毒に思うほど、調理場の女中や料理長にきつい仕事を割り振られ、一日中酷使《こくし》されていたアルベルタであったが、ほとんど疲労を感じさせない様子だった。

流石《さすが》は力自慢の元工場作業者だと、ラザレスは感心したように呟《つぶや》く。

二人は地下にある酒の貯蔵庫にワインを取りに来ていた。

屋敷に保管されている酒の保管状態を記した貯蔵本は五年前から未記入で、前執事の管理体制の杜撰《ずさん》さがつい先ほど判明してしまったのだ。執事の代わりに酒類を取りに行き、不足分を注文していた料理長も、本の存在までは知らなかったようだ。

貯蔵庫の扉を開けると、ひやりとした空気が奥から流れてきた。そこには大量のワインの入った樽と数千本はあろうかという酒瓶が並べられている。

「これはすごい」

「ああ。前の旦那様は酒好きだったからな。今の旦那様と大奥様はあまり呑まないから、宝の持ち腐れってやつ」

赤葡萄酒《ワイン》、白葡萄酒《シェリー》、果実蒸留酒《ブランデー》、糖蜜蒸留酒《ラム》に、発泡性葡萄酒《シャンパン》など、さまざまな酒があったが、貯蔵本に書いてあった特別高価な品は、探しても見つからなかった。

「あ～、酒ももしかしたら盗《と》られていたのかもな。管理者の家令や執事は役得し放題だったから」

「ああ、残念。見てみたかったな」

酒好きの中で伝説と言われる逸品が書いてあったので、ラベルだけでも見たかったアルベルタは肩を落とす。

「アルベルタ、お前、酒好きなのか？」

「嗜《たしな》む程度にね」

実は無類の酒好きであったが、女性の趣味としてはいささか微妙であったので、曖昧《あいまい》に答えておく。

それから食後に出す酒を選び、食堂へと向かった。

地下の貯蔵庫に籠《こも》っている間に日が沈み、外はすっかり暗くなっていた。

伯爵家の面々の食事は終わっており、ワインを注《つ》ぐ名誉を与えられたアルベルタは、慎重な手付きで栓を引き抜く。

澱《おり》が入らないようにワインをガラス製の容器に移し替え、くるくると中の液体を回す。

まずはヴィクターのグラスに注《つ》いで前に置く。すると、斜め前より突き刺すような視線を感じて顔を上げた。コーデリアが扇《おうぎ》で半分顔を隠しながらアルベルタを観察していたのだ。柔和《にゅうわ》な表情を浮かべていたが、その瞳の奥は決して微笑んではいない。

今朝、イザドラに話しかけたので、ヴィクターにも同様の行為を働かないか見張っているのだろう、とアルベルタは思う。そこで、心配いらないと伝えるために片目を瞑《つむ》り、コーデリアに合図を送る。

媚《こび》を売られたコーデリアは呆れと驚き、どちらともつかない表情を浮かべていた。

今ので上手く切り抜けられただろうか？　そんなことを考えながら、アルベルタは給仕《きゅうじ》を続ける。

このようにしてガーディガン伯爵家の、一見すると平和な夜は更《ふ》けていった。

◇◇◇

伯爵家に来てから数日経ったある日の朝。

早く目が覚めたアルベルタは、二度寝をすれば寝坊してしまいそうなので、そのまま支度することにした。

唯一灯《つ》りの点いている階下の厨房《ちゅうぼう》へ行くと、料理長や台所女中《キッチンメイド》、女中頭《じょちゅうがしら》がいつものように朝食の支度をしていた。昨日、台所女中《キッチンメイド》の一人が解雇されるという悲しい事件が起こったので、その埋め合わせを女中頭《じょちゅうがしら》のヨランダがしているというわけである。

厨房《ちゅうぼう》にひょっこりと顔を出したアルベルタは、ものすごい形相で皿を準備しているヨランダに、何か手伝うことはないかと聞いた。

「……では、居間と食堂の暖炉の掃除と薪《まき》の補充をして、そこにある酒樽《さかだる》を地下貯蔵庫へ持っていって、最後に野菜を洗った泥水を捨ててきてもらえる?」

思っていた以上の仕事を任され、アルベルタは呆然とする。どれも日雇いの雑役夫《ざつえきふ》がするような力仕事ばかりだ。

「ぼーっとする暇があるなら動いてちょうだい。そこにいては邪魔です」

「……仰《イ》せ《エ》のままに、女王陛下《ス・ユア・マジェスティ》」

アルベルタが手を胸に当て、恭《うやうや》しくおじぎをすると、女中頭《じょちゅうがしら》は目を見開いた。

「だ、誰が女王陛下ですか!　恐れ多いことを言うのではありません!」

「申し訳ありません、ミセス・コート」

アルベルタは、軽口をたたく相手は選ぼうと反省しつつ、廊下を歩いていった。

暖炉掃除は服が汚れてしまうので、園丁《えんてい》が着るような作業用の服を借りた。

居間の暖炉は屋敷の中で一番大きいので、時間もかかる。溜まった灰を円匙《えんし》でかき出し、ブラシで丁寧に磨く。仕上げに鉄部分に黒鉛を塗って終わりだ。食堂の暖炉も同様の手入れを行《おこな》い、外の倉庫から薪《まき》を運んでおいた。火を熾《おこ》すのは別の女中の仕事なので、次の作業に移る。

酒の入った樽は階段までコロコロと転がして、ちょうど通りかかったラザレスと共に地下の貯蔵庫まで運んだ。泥の付いた野菜を洗った水も二人で運び出して、芝生の上に流す。

頼まれた仕事が終わったので、アルベルタは執事服に着替え、汚れた服を洗濯女中《ランドリーメイド》に渡した。次は鍵付きの倉庫に保管されている銀器の確認をラザレスと共に行《おこな》うことにした。銀器は使用人や出入りの者などからの盗難を防止するために、厳重な保管と毎朝の点検をするのだ。二人は大量にある銀製品を、漏れがないように確認していった。

「つーかさ、お前、なんで朝からそんなにあくせく働いているんだよ。上司でもない女中頭《じょちゅうがしら》に馬鹿みたいに仕事押し付けられてさあ」

「いや、人手不足を一人で補っているミセス・コートが気の毒で」

「それはあの人の監督不足が原因だから。お前が気に病《や》む必要はまったくないのによ」

女性使用人の監督はすべて女中頭《じょちゅうがしら》の責任だ。執事であるアルベルタは男性使用人の仕事や私生活について監督し、責任を負うのが仕事であるため、今回の件については本来ならば無関係なのだ。しかし――

「この前の失言も申し訳なく思っていてね。罪悪感からか、つい余計なことをしてしまう」

「まあそれは、知らなかったんだから仕方がないさ」

イザドラは産みの母が他にいるということを知らない。前回のアルベルタの失言でバレることはなかったが、女中頭《じょちゅうがしら》の恨みを買うことになってしまった。

銀器の確認を終え、少しの間倉庫で話し込んでいると、扉が勢いよく開かれた。

「あなた達は、何をしているのです⁉」

入ってきたのは怒りの形相の女中頭《じょちゅうがしら》。噂をすればなんとやらと、アルベルタは思う。

状況が掴めていないラザレスは気の抜けた声で「へ、何が？」と問うが、女中頭《じょちゅうがしら》は主人一家の朝食時間まであと十分だと言ってきた。

「え？　だってまだそんな時間じゃあ……」

ラザレスとアルベルタは倉庫の時計を見上げる。時計は止まっていた。

驚きの事実に気が付いたアルベルタは慌てて倉庫を出て、まっすぐ厨房《ちゅうぼう》へ向かう。

まだ、ヴィクターが朝食前に読む新聞紙にアイロンをかけていなかったのである。

「あ、アルベルタさん、アイロン火にかけているよ～」

「ありがとう、マリアさん！」

気の利く若い台所女中《キッチンメイド》がアルベルタのためにアイロンを火にかけてくれていた。ここ数日、厨房《ちゅうぼう》の手伝いをするので仲良くなっていたのだ。

今日は夜明けから雨が降っていたからか、新聞紙の湿り気はいつも以上だった。時間が足りないと舌打ちしつつも、皺《しわ》が付かないようにゆっくり丁寧にアイロンを当てる。なんとかギリギリ朝食の配膳前には間に合い、新聞紙を銀の盆に載せ、かけ足で階段を上がる。もう少しで食堂に到着するというところで、前方よりやってきた女中頭《じょちゅうがしら》が眉をひそめ、新聞紙に手をかざした。

「ミス・キャスティーヌ、なんてことを!!」

そのまま腕を取られ、食堂の近くにある簡易台所へ連れ込まれる。

「あなたは、何をしているのですか!?」

「はい？」

階段をかけ上がってきたことだろうか、それとも煤《すす》だらけの顔を洗ったあと、毛を整髪料で整え忘れていたことだろうか、と首を捻《ひね》る。

「わかっていないようですね。……新聞紙ですよ!!」

女中頭《じょちゅうがしら》は新聞紙を指差したが、アルベルタは首を傾げたままだ。

「ここまで言っても理解できないなんて!!　素手で触ってみなさい！」

白手袋を取ってアイロンを当てたばかりの新聞紙に触れる――とても熱かった。ここで、女中頭《じょちゅうがしら》が怒っていた理由を理解する。このままの状態で触れたら、軽い火傷《やけど》をしてしまう可能性があった。

「そのような新聞紙を旦那様に持っていこうとしていたなんて、恐ろしい!!」

「申し訳ありませんでした」

「旦那様には私から説明しておきます。あなたはそこにある茶器を片付けていなさい。食堂へ入る必要はありません!!」

「承知いたしました」

一人、二階の簡易台所に残されたアルベルタは、使用人としての勘がすっかりなくなっているのを、他人事のように感じていた。

アルベルタはその後も女中頭《じょちゅうがしら》に下働きを命じられた。任された仕事は、蒸留室《スティルルーム》での作業。

蒸留室《スティルルーム》はお茶やお菓子の保存・管理を行《おこな》う場所だ。薬草や花から香りなどを抽出し、化粧品や香り袋、芳香剤なども作る。他にも瓶詰の保存食作りや茶菓子を作るのも、この部屋を担当する女中の仕事だ。

午前中は在庫の確認と、三種類の果物の砂糖煮《プリザーブ》作りを命じられ、午後からはお菓子作りをするように指示された。

果物の砂糖煮《プリザーブ》やお菓子は伯爵家秘伝の作り方があり、レシピ通りに作業すれば誰でも美味《おい》しい物に仕上げることができるらしい。

砂糖煮《プリザーブ》を作るために用意されたのは、伯爵家の庭で作られた木苺《きいちご》と薔薇《ばら》、果実汁を作った柑橘《かんきつ》類の皮の三つ。その材料を綺麗に洗い、一度鉄板の上で熱した砂糖と混ぜて煮込む。

煮込んでいる間は木べらで混ぜ続け、灰汁《あく》が出たら匙《さじ》で掬《すく》う、という作業をひたすら繰り返す。

出来上がったら煮沸《しゃふつ》消毒をした瓶に入れて完成だ。蒸留室《スティルルーム》にある管理帳に作った日と時間、担当者名を書き込むのも忘れないようにする。アルベルタは使用人時代に行《おこな》っていたお菓子作りの手順を、徐々に思い出した。

昼食を挟んだあとは、スコーン作り。三時のお茶までに作らなければならないので、急いで取りかかる。

蒸留室《スティルルーム》にはオーブンがないので、アルベルタは厨房《ちゅうぼう》に移動した。そこで材料を集めていると、暇になった台所女中《キッチンメイド》のマリアが手伝ってくれると言うので、アルベルタはありがたくお願いすることにした。

おかげで順調に調理が進み、予定時間ぴったりに焼き上がる。

「アルベルタさん、今日は蜂蜜《はちみつ》と一緒に出すって書いてあるわね」

「蜂蜜《はちみつ》は蒸留室《スティルルーム》かな？」

「そうだよ」

茶の時間が迫っていたので、アルベルタは急いで取りに行く。

蒸留室《スティルルーム》に繋がる玄関前の通路を早歩きで通り過ぎようとしたら、コーデリアと鉢合わせした。

「あら、忙しそうね」

「大奥様、お出かけですか？」

「ええ、ちょっとね。帰りは夜になるわ。ミセス・コートにも伝えておいて」

「かしこまりました」

コーデリアの背後には、市場に売られていく仔牛のような顔のラザレスがいた。どうやら買い物に行くくらしく、彼は荷物持ち、というわけであった。

女主人の後ろをトボトボと歩いていく従僕《フットマン》の肩を叩いて激励《げきれい》したが、自分も任務の途中であったことを思い出し、蒸留室《スティルルーム》へ急いだ。

蜂蜜《はちみつ》を持って厨房《ちゅうぼう》に戻ると、そこには女中頭《じょちゅうがしら》が待ち構えていた。茶の時間が迫っていると急《せ》かされる。茶器の載った盆の上に蜂蜜《はちみつ》を並べ、アルベルタは階段を上がる。主人へ持っていく前に二階の給仕室《きゅうじしつ》に行き、茶器を手押し車の上に置く。

両手で持たないといけない盆などは、一人の場合はこうして手押し車に載せてから持っていくのだ。決して、肘で扉を押し隙間に足先を入れ込んで開く、ということがあってはならない。

アルベルタはヴィクターの部屋の扉をトントンと叩く——が、返事はない。気にせずに外から声をかけ、勝手に中へと入る。

ヴィクターは執務中で、机の上には書類の山が築かれており、茶を置く隙間などない。

「旦那様、お茶をお持ちいたしました」

相変わらず、アルベルタが声をかけても反応はなかったが、気にせずに語りかける。

「ちょっと失礼しますね」

ぐしゃぐしゃに丸められた書類をゴミ箱に捨て、カップを置く場所を作る。

ティーコジーの中のポットは、ちょうどいい茶葉の状態となっていた。陶器製のカップの上に、網目の付いた匙《さじ》——茶漉《ちゃこ》しを用意して、その上から紅茶を注《つ》ぐ。

「旦那様、お砂糖はいかがいたしましょう？」

シュガーポットから砂糖を掬《すく》い、ヴィクターに問いかける。彼はもちろん無視だ。

返事を待っている間、アルベルタはいい機会だと思い、ヴィクターの横顔をこれでもかと観察した。どこから見ても良い男だ、と眺めていると手元の匙《さじ》が傾き、カップの上にあった砂糖が紅茶の中にサラサラと入ってしまう。

「――あ」

気付いたときにはもう遅い。仕方がないとばかりに、砂糖の入った紅茶を匙《さじ》で素早くかき混ぜて証拠隠滅を図る。これで大丈夫だと一人で頷きながら、次の作業へ移った。

「旦那様、ミルクはどういたしましょう?」

期待はしてなかったが、予想通りまったく反応がない。

「では、少しだけ入れますね、おっと!」

勝手にミルクを入れると、手元が狂って想定よりも沢山入ってしまった。ミルクはかき混ぜても証拠隠滅はできない。淹《い》れ直そうかどうしようか考えたが、どうせ飲まないだろうと思い、結局雑に混ぜてそのまま出した。

ヴィクターの反応がないのをいいことに、適当な給仕《きゅうじ》をする。こうして任務を終えたアルベルタは、厨房《ちゅうぼう》に戻ってコーデリアが出かけたことを女中頭《じょちゅうがしら》に伝えた。

「――なんですって!?」

「ですから、大奥様はお買い物に」

「あなた、一体誰にお茶を持っていったの!?」

「旦那様、に?」

イザドラは茶会で不在だ。コーデリアも出かけたので、てっきりヴィクターの分かと思い込んでいたのだ。

「旦那様は今の時間帯、一番集中なさるので、お茶は持っていってはいけないのよ!?」

「わあ……左様で」

知らなかったのならば仕方がない。女中頭《じょちゅうがしら》はそう言って許してくれたが、ヴィクターの紅茶には何も入れてないか問われると、アルベルタの目が怪しく泳いでしまった。すぐにそれを問い詰められ、勝手にミルクティーにしたことがバレてしまい、本日何度目かの雷が落ちたのだった。

◇◇◇

ガーディガン伯爵家で働き始めて一ヶ月が経った。ヴィクターとは会話を交わすことのない日々が続いている。そして、使用人の人手不足問題も深刻であった。

人がどんどん辞めていく伯爵家で働きたいと思う者は少なく、そのうえ美貌の当主に惑わされて屋敷を追い出される者も減ることはなかったのだ。

内情を嫌というほど把握しているアルベルタは、積極的に女中の仕事を手伝った。

というのも、ヴィクターから呼び出されることはなく、イザドラからも嫌われているため、アルベルタは手が空《あ》いている時間のほうが長かったからだ。

寝室《ベッドルーム》にある角灯のオイル補充をして回っていたアルベルタは、ヴィクターの書斎《ライブラリ》の前でウロウロしている女中を発見した。気の弱そうな少女は、扉に耳を当てたり、拳を振り上げて叩こうとしたりと、悩んでいるようだ。

彼女の名前はメアリー・キットソン。先日まで洗濯女中《ランドリーメイド》をしていたが、大量の家女中《ハウスメイド》が解雇されてしまったために、職種を家女中《ハウスメイド》に変えられたのだ。

きっとヴィクターから返事がないから部屋に入れないのだろうな、と考え、声をかける。

「メアリー、どうしたの？」

「わ、わわわっ!!」

「ああ、ごめんね」

メアリーはビクリと肩を震わせてから、アルベルタを振り返った。

「キャ、キャスティーヌさん、でしたか。すみません、大きな声を出してしまって」

「いや、大丈夫だけど。もしかして、部屋に入れないとか？」

メアリーは眉尻を下げながら、こくりと頷いた。

書斎《ライブラリ》の掃除は一日一回行《おこな》われている。ちなみに家女中《ハウスメイド》が掃除のために部屋に入ると、ヴィクターが出ていく、という仕組みだ。

女中は美貌の主人を目にする機会が少ないので、皆、ヴィクターの書斎《ライブラリ》の掃除をこぞってやりたがっていた。しかし、メアリーは気が乗らない様子だ。彼女は労働者階級の娘で、三年前から伯爵家で働いている真面目な使用人である。ヴィクターの部屋には勝手に入っていいことになっているが、メアリーは今まで洗濯女中《ランドリーメイド》として外で仕事をしていたので、急に任された屋敷内の決まりには抵抗があるらしい。

「メアリー、ここは勝手に入っても大丈夫なのだよ？」

「え、ええ。そのように聞いておりましたが、旦那様の部屋に勝手に入るなど、恐れ多くって」

アルベルタは、あそこまで他人を無視できるヴィクターを少しだけ不気味に思っていた。確かに美しい容姿をしているが、無表情かつ無感情というのは、まるで美術館に置かれた彫像のような、温度のない作り物みたいだと感じている。

「そういえば、メアリーは旦那様にお近づきになりたいと思わないの？」

「と、とと、とんでもないことでございます‼　それこそ、大いに恐れ多い、恐れ多いことです‼　ま、街では使用人とご主人様の燃えるような恋物語が流行《はや》っておりますが、げ、現実では、絶対、絶対に、あり、ありえないの、です」

「そうだね。そのとおりだよ」

身分違いの結婚は、貴族社会では認められていない。露見《ろけん》していないだけで、恋愛沙汰はあるものの、損害を被《こうむ》るのはもっぱら身分の低いほうであった。

そうだとわかっているのに身分の垣根を越えて恋をした挙句、周囲にバレてしまい、職や住処《すみか》を奪われて路頭《ろとう》に迷った使用人は少なくない。

「あ、そんなことより先にここを掃除しなくてはいけないね。女中が解雇されたから、きっと二日位掃除していないはずだよ」

アルベルタはこの二日間、ヴィクターの部屋でゴミと煙草の吸殻の山が築かれていく様子を、さり気なく観察していたのだ。

「私も手伝うよ」

「え？」

アルベルタは書斎《ライブラリ》の扉を元気よく叩いて、今から掃除をする旨《むね》を伝える。そして、返事がないのをいいことに、勝手に中へ入った。主人に近づいて、退室してもらおうとアルベルタは話しかける。

「旦那様、少しよろしいでしょうか？」

笑顔で話しかけるアルベルタだが、ヴィクターは一瞥《いちべつ》すらしない。本日も彼の愛想は安売りされていなかった。端整な顔は机の上にある書類に向いており、用件を述べる執事をまるでいない者のように扱う。仕方がないので、扉の陰から部屋を覗《のぞ》き込んでいるメアリーを手招くが、ブンブンと首を振って入ってこようとしない。主人のいる前で部屋の掃除をするなどありえないことだと思っているのかもしれない。

「――仕方がない」

それからアルベルタの取った行動は、使用人の範疇《はんちゅう》を超えていた。

まず、ヴィクターの手から万年筆を抜き取り、机の端にあるメモ紙にあることを書き込み、その紙切れを書類の上に置く。紙面には【お掃除をするので、出ていってください】の一言。そのメモを見て、ヴィクターは目を見張る。だが、落とされた視線が上がることはないし、ヴィクターは微動だにしない。その反応を確認すると、アルベルタはさらに一言を付け加えた。

「旦那様は、私の故郷の言葉はご存知ないようですね」

書類の上に置かれたメモは、隣国の言葉で書いてあった。アルベルタの母親の母国語は、貴族の通う学校では必須科目となっている。それなのにヴィクターは読めないのかと、小馬鹿にしたように言い放ったのだ。

ヴィクターが下を向いたままなのをいいことに、アルベルタはすっと目を細め、口の端を意地悪くつり上げた。

今日も綺麗に無視されて終わりか、と思っていると、ヴィクターはそのメモ紙を左手で一気に握り潰し、ギッと睨《にら》みつけてきた。

「……おや、怒った顔もお美しい」

突然睨《にら》まれて驚いたが、アルベルタは軽口をたたいて受け流す。

ヴィクターは机を叩いて立ち上がると、そのままの勢いで部屋を出ていった。

アルベルタはその姿を軽く手を振って見送ったが、ヴィクターが歩行の補助をする杖を持っていないことに気付いた。

「旦那様、杖をお忘れで……ま、いっか」

忘れ物をした本人はすでにいない。歩行も問題ないように見えた。

机に立てかけていた杖が目に入り、手に取る。普通の品よりも、遥かに重い。持ち手の下部にはうっすらと切り込みがあり、そこを捻《ひね》るとカチリと音が鳴る。慎重な手付きで柄《え》を引けば、鋭い刃物が姿を現す。ラザレスの情報は本当だったと、アルベルタは一人慄《おのの》いた。

「キャスティーヌさん、どうかしましたか？」

メアリーに声をかけられ、慌てて刃を仕舞い込む。

「いいや。びっくりしてさ。旦那様は怪我をした足を引き摺《ず》っているって聞いていたから」

歩いているヴィクターを見たのは今日が初めてだった。

「そうですね。とても、後遺症があるようには」

「だよね。いやはや、魔訶《まか》不思議」

それから主人のいなくなった部屋で、二人はのびのびと掃除を始めた。

◇◇◇

その日の夜、ラザレスは頭を抱え込みながら、叫んでいた。

「あ〜〜!! もう、なんでこうなる、信じられない!!」

再度、女中が解雇になったのだ。

「流石《さすが》に、盗みに関しては、ミセス・コートも庇《かば》いきれないよね」

「まったく、手袋なんか盗《と》って、何をするつもりなんだか!!」

またしても、解雇の原因はヴィクターにあった。今回は手袋が盗難にあったのだ。

「旦那様の象徴的な品物だからね、手袋は」

ヴィクターは常に黒い手袋を嵌《は》めている。執務中も、食事中も、お茶を飲む時でさえ。それは紙を捲《めく》りやすいように、物を掴みやすいようにと作られた特注品なのだ。その手袋を、今回解雇になった女中は盗んで私物としていた。

アルベルタは女中の行動の意味を推測する。

「本人が手に入らないのならば、せめて持ち物を、とでも思ったのだろうか？」

「理解できないな!!」

本人は部屋に引き籠《こも》っているだけなのに、次々と女中達を誘惑しているかのようなヴィクター。

まさしく魔性の名を冠《かん》するに相応《ふさわ》しい人物だと、アルベルタは思う。

「一体どうすればいいんだよ」

「ああ、そうだ。そういえば、今日、気付いたんだけれど」

アルベルタは複数の女中の名を挙げる。

「台所係のマリア、掃除係のメアリー、客間係のリリアナ、針子《はりこ》の三姉妹、その他数名」

「そいつらがどうしたんだ？」

「今も屋敷で真面目に働いている、労働者階級の者達だ」

ラザレスはアルベルタの話の意図がわからず、ポカンとした顔をしている。

「そして、料理補助係のメリッサ、蒸留室《スティルルーム》係のアニー、掃除係のシエラ、その他十数名。彼女達は上流階級や中流階級の娘さん達だね」

「もしかして、解雇になった奴らか？」

「そう」

アルベルタは解雇された者達の特徴に気が付いたのだ。

「その子達は、きっとご主人様と結婚できると思って近づいたんだ」

「は、はあ!?」

「だって、不思議ではないよ。花嫁修業として奉公に来ていて、その家の主人に見初《みそ》められる、というのは貴族の間でも珍しい話ではない」

ヴィクターに恋焦《こいこ》がれていたのは、すべて良家のお嬢様だったのだ。

「あ～～もう、なんだよ、それ!!」

「次回からの採用は労働者階級の子を……」

「そんなの叔母さんが賛成するわけないだろう!!」

「どうして……あ！」

亡くなった夫と、労働者階級の使用人である愛人。この前例があったために、コーデリアは積極的に貴族の子女を女中として採用していた。

しかし、そのせいでヴィクターに色目を使う女中ばかり増え、結果的に解雇するはめになったのだ。

「なんていうか、ここの家、終わっているね」

「ああ、終わってる」

ラザレスはため息をつく。

連日の過酷《かこく》な労働で彼は参っていた。休みも十日に一度あればいいほうである。

「あのさ、お前はなんとも思わないのかよ」

「旦那様のこと？」

「ああ。毎日絡んでいるだろ」

アルベルタは先ほどの出来事を思い出す。

「ふふっ」

「な、なんだよ、いきなり笑って、気持ち悪い!!」

「ひどいな。まあ、それよりも、聞いてくれるかな？　……さっきね、初めて旦那様と目が合ったんだけれど」

「……どういう状況だよ」

「まあ色々あって。それでね、あのアイスブルーの目に睨《にら》まれた瞬間に、寒気と動悸《どうき》が一気に押し寄せてくる不思議現象に襲われた」

「……病気、だな」

「そう、人はそれを恋の病《やまい》と呼ぶ」

ラザレスは胡乱《うろん》な視線をアルベルタへ向けた。

「思わず、この熱い気持ちを文に認《したた》めようかと思ったよ」

「ああ、それは自由だが、手紙の二枚目は辞表にしてくれるとありがたい。短い付き合いだったたな。本当に残念だ」

ふざけた言動をする執事に、ラザレスは呆れている。

しかし、アルベルタがヴィクターと目があった刹那《せつな》、背筋がぞっとしたのは本当だった。彼の瞳の奥には、深い闇があった。そのため、軽口をたたいて見なかった振りをするのが一番だと思ったのだ。

「もちろん、冗談だよ」

そして、話題はヴィクターの足の話に移る。

「そういえば、旦那様は足を引き摺《ず》っていなかったけれど、そこまで足は悪くないのかな？」

「いや、日常での歩行は問題ないんだが、歩き過ぎると怪我をした部分に熱が発生して、腫《は》れあがってしまうらしい。杖は医者が日頃から使えって指示をしているんだと」

「なるほどね」

ヴィクターの謎の一つが解決したが、杖に仕込まれた刃を思い出して、再びぞっとするアルベルタであった。

◇◇◇

ある日の休憩時間中、アルベルタはコーデリアに着用を義務付けられている白手袋を取り、手先を窓の光に当ててみた。工場勤務中に付着し、洗っても取れなかった油汚れが、綺麗に落ちていた。このところ、ずっと水仕事をしていたせいだろうか、と考えていると、休憩室に入ってきた台所女中《キッチンメイド》のマリアが覗《のぞ》き込んできた。

「あ、アルベルタさん、もしかして手荒れ？　やっぱ水仕事しているとすごいよねえ」

まさか工場勤務で付いた油汚れが取れたのを見ていた、と正直に言うわけにもいかなかったので、とりあえずそうだと返事をしておく。

話を誤魔化《ごまか》すため、比較的手先が綺麗なマリアに、何か手入れをしているのかと聞くと、眠る前にクリームを塗り込み、綿の手袋をして眠っているのだと教えてもらう。

「アルベルタさんのその手袋は絹、ではないのよね？」

「違うかな。多分、人工繊維じゃないかと」

「あ～、最近大量生産が始まったっていうアレ？」

「そう。工場で作っている布だね」

人工繊維は絹などの高価な品の代わりに開発されたもので、安価で大量に生産できることから、庶民の間で需要が高まっている。そのため、絹や綿、家畜の体毛などの天然繊維を用いた品を身に着けるのは上級階級のみとなり、生産数も減って市場価格が高騰《こうとう》していた。

「最近噂になっているのよ。人工繊維は安いけれど、肌に悪いって。だからね、綿の服を解《ほど》いて手袋を作って、なるべく弱った肌には当てないようにしているよ」

「なるほど。そんな努力をして、この綺麗な手を守っているというわけだ」

「そうなのよ。絹とは言わないけれど、せめて、綿の手袋を着けたほうがいいわ」

「そうだね。給料が出たら買いに行こうかな」

話を終えるとマリアは、夕食の仕込みが始まると言って休憩室を出ていった。

一人になったアルベルタは再び物思いに耽《ふけ》る。高価な絹製品を、子どもの頃はなんの疑問も感じないで身に着けていた。

十二歳の時、マルヴィナの家で初めてお仕着《しき》せを着た時の記憶が蘇《よみがえ》る。シャツのごわごわとした着心地に驚いた。最後に絹に触れたのは、おそらくマルヴィナから孫に贈るようにと手渡された、伯爵家の家紋『釣鐘草《カンパニュラ》』の刺繍《ししゅう》入りのハンカチだった。

懐かしい記憶には、楽しいことも、辛いことも、同じくらいあった。その頃はまだ、アルベルタは素直で、仕事にもやり甲斐を感じていた時期だった。

遡《さかのぼ》ること十年前――孤独に暮らしていたマルヴィナの唯一の楽しみは、孫からの手紙。しかめっ面《つら》か呆れ顔ばかり見せていたマルヴィナだったが、手紙が届けばたちまち笑顔になるのだ。

そのため、自《みずか》らの力では主人を笑顔にすることができなかったアルベルタも、手紙を心待ちにしていた。

ヴィクター・ガーディガン。マルヴィナの孫であり、律儀に手紙を送ってくること以外、何も知らなかった。彼がどのような人物か知ったのは、マルヴィナの視力が落ち、手紙を代読するようになってから。

ヴィクターの職業は軍人だった。

屋敷から追い出された祖母の身の上を案じ、几帳面な文字を書き、日々情勢が厳しくなっている戦場に身を置いていた青年。

アルベルタは長い間、マルヴィナの手紙を代筆し、届いた手紙を読んでいた。

言葉少なに語られる文面から、ヴィクターが心優しい人物であることを知った。

会ったこともない人に、淡い恋心を抱いているると気が付いたのは、いつの話であったか。

しかしながら、その祖母思いの優しい青年は――もう、いない。

◇◇◇

休憩時間が終わると、コーデリアに呼び出されていたアルベルタは、乱れかけていたタイを整え、部屋に向かった。

本日も、大奥様は心情の読み取れない、美しい笑みを浮かべていた。

「大奥様、ご用件とは？」

「まず先にね、あなたがヴィクターをどう思っているのかを聞きたいのだけれど」

「それは――」

美しい容姿をしているが、無感情で無表情。外見に比べ、内面的な魅力は皆無――そんな評価は口に出さず、無難な返しをした。

「……良い、旦那様ですよ」

「そうかしら？」

もちろんだと返事をする。これは嘘偽《うそいつわ》りない気持ちであった。ヴィクターは不慣れな執事仕事をするアルベルタに文句を言うことはない。反応を示すこともほぼないが、仕える上で個人的に困ったことなど一度もなかったのだ。ゆえに、仕事のしやすい主人と言える。

「では、異性としてはどう思う？」

「とてもお美しい方です」

「それから？」

「以上です」

「もっと、他に思うことはないの？」

「いえ、特には」

コーデリアはアルベルタから本心を引き出すためか、相手を安心させるような柔らかな笑みを作り上げて言った。

「毎日会っているでしょう？　何か感じることはないのかしら」

「残念ながら、会話を交わしたことがないので、評価しようがないと言いますか」

「そうなの？　それにしたってもっと色々あるでしょう？」

「……ない、ですね」

扇《おうぎ》を広げ、目を細めるコーデリア。今度はアルベルタが話を始める。

「このようなことを使用人である私が言うべきではありませんが——この先を言っても？」

「ええ、構わないわ」

「ありがとうございます。私は、もうこんな歳ですから、他人のことをどうこう思うのには、慎重になってしまうのです。最近は、目と目を合わせて、会話を重ねたあとに、相手の人となりを理解するようにしております。なので、一言も話したことがない旦那様のことは、本当に何もわからないのです」

話を聞き終わったコーデリアは扇《おうぎ》を手に叩きつけて折り畳む。

「あなたの気持ちはよくわかったわ。これからも、真面目に仕えてちょうだい」

「ありがとうございます」

アルベルタはコーデリアに、恭《うやうや》しく頭を下げる。

きっと息子に集《たか》る女中と同じような感情を抱いていないか確認したかったのだろうな、

とアルベルタは考えた。

　それから、一瞬の沈黙。

　話はここで終わりだと思っていたが、コーデリアの「本題だけれど」という言葉を聞いて、その判断が間違いだったことに気が付く。

「先ほど、新しい女中を七人採用したわ。だから、あなたは女中がするような仕事はしないで」

　アルベルタは目を細め、意外に思う。仕事を押し付けてくる女中頭《じょちゅうがしら》を庇《かば》っているわけではなかったが、アルベルタが下働きをしている事実は報告していなかったのだ。今まで知らない振りをしていたコーデリアに戦々恐々とする。

　だが、コーデリアはそれ以上その話題に触れることはなかった。話は女中の大量採用の件に戻る。

「もう、これ以上女中を解雇し続けるわけにはいかないわ」

　ヴィクターと深い仲になりたい女中は、あとを絶たない。コーデリアの穏やかな笑顔の下にはとんでもない怒りが渦巻いているのだろうな、とアルベルタは感じた。

「旦那様は、その、ご結婚はなさらないのですか？」

「残念ながら、つり合うご令嬢がいないのよ」

結婚相手については現在探している最中だという。かの麗《うるわ》しい伯爵様が結婚でもすれば、夢見る乙女達も現実に引き戻されるだろうが、そう簡単に決められるものではないらしい。コーデリアはかなり慎重に選んでいるようだった。

「それでね、あの子をなるべく女中の目に晒《さら》さないようにしたいのだけれど」

ヴィクターを部屋から出さず、新しい女中になるべく会わせないようにする。それが、コーデリアが決めた対策である。話を聞いて、引き籠《こも》りがさらなる完璧な引き籠《こも》りへと進化するのか、とアルベルタは呆れた。

「あなたは、どう思う?」

「そうですね。それしか対策はないように思われます」

アルベルタは特にこの話題に興味がないため、とりあえず同意して見せた。

「そうよね。あなたの賛同が得られて、よかったわ」

そして、極上の微笑みを湛《たた》えながら、コーデリアは残酷な命令を下した。

「では、あなたに、ヴィクターの世話のすべてを命じます」

「――はい?」

「今後あなたは、ヴィクター専属の執事として働いてちょうだい」

アルベルタはとんでもない命令に瞠目《どうもく》し、言葉を失ってしまった。

◇◇◇

ヴィクターの引き籠《こも》り計画は、ひっそりと進められた。

元より当主用の部屋は、執務室《オフィスルーム》、寝室《ベッドルーム》、書斎《ライブラリ》、応接間《ドローイングルーム》、浴室《バスルーム》など壁を隔《へだ》てて繋がっており、室内の扉を使えば廊下に出なくとも暮らしていけるのだ。ただ、食事をする部屋がないので、物置を食堂に作り替える作業を行《おこな》った。

不要な荷物を大量に破棄し、床をピカピカになるまで磨き上げ、壁紙を全面貼り換えるなど、力仕事の数々をアルベルタも手伝わされた。

なぜ、ヴィクターの世話役に、同性であり従兄弟《いとこ》でもあるラザレスではなく、アルベルタが選ばれたかといえば、コーデリア曰《いわ》く、かの青年は口が軽いので信用していない、とのこと。

確かに本来ならば隠すべき伯爵家の裏事情を、アルベルタはすべてラザレスから聞いていたので、その評価に待ったをかけることはできない。

一族は総じて残念な血筋なのだろうと思いながら、掃除を続けるアルベルタであった。

第二章　旦那様の専属になりまして

引き籠《こも》り伯爵付きとなった一日目。

主人を起こそうと寝室《ベッドルーム》に赴《おもむ》くが、寝台はもぬけの殻《から》だった。都合がいいのでシーツを剥《は》ぎ取って洗濯籠《かご》の中に入れる。それから火の消えた暖炉の中を覗《のぞ》き込み、廊下に置いていた鉄の容器を持ってきて、まだ熱の取れていない灰を円匙《えんし》でかき出した。

アイロンのかかっている新聞紙を食堂の机の上に置き、蒸らしていた紅茶を勝手に注《つ》ぐ。

さてどうするか、と考えている間にヴィクターが奥にある衣装部屋からやってきた。使用人の手伝いなしに、一人で着替えを済ませたようだ。

本日は黒のラウンジスーツの上着に、白いシャツ、灰色のウエストコートに同色のタイ、上着と共布《ともぬの》のズボンに、いつもの黒革手袋という装いだ。杖は手に持っていたが、ついて歩いていない。

アルベルタは無造作に差し出された杖を受け取って、壁に設置された杖置きに入れる。

椅子を引くとヴィクターは優雅に腰かけた。アルベルタは世話をしながら、血統書付きの紳士はいつでも完璧な恰好で現れるのだな、と考えていた。

昔、誰かが言っていたのだ。紳士とは「なる」ものではなくて、「生まれつく」ものだと。

そんなことを思い出し、返事はないとわかりつつも、用件はないかと尋ねる。ヴィクターはすでに出されていた紅茶を一口飲み、眉をひそめた。

予定では寝ているヴィクターに紅茶を運んで、起こしてすぐに飲んでもらうための物であった。しかし、主人はすでに寝台にいなかったため、紅茶の一番美味《おい》しい時間はとうに過ぎ去ってしまった。ヴィクターから紅茶を淹《い》れ直せという指示もないので、アルベルタはそのままお辞儀をして部屋をあとにする。

廊下に放置していた暖炉の灰を持ち、途中ですれ違った家女中《ハウスメイド》に処分を頼む。それから手袋を新しいものに換えて、朝食の載った盆を受け取り、再び食堂へ移動した。

食堂へ戻ると、ヴィクターはいつもの無表情で新聞を読んでいる。その前にナプキンを置き、フォークやスプーン、ナイフを並べていく。

そして手押し車から、籠《かご》に入っている丸いパンを適当に二個選んで皿の上に並べ、数種類のジャムの瓶にカリカリに焼いたベーコンと目玉焼き、鴨肉《かもにく》のソテーに炒めた豆と野菜を添えたもの、サラダ、焼《ベイクド》いたトマト、根菜の澄ましスープなどを机の上に置く。

その間、ヴィクターは終始無言だが、アルベルタは気にも留めずに食事の世話を続ける。けれど、機械的に働くだけでは味気ないため、彼女はあることを思いついた。

それは、ヴィクターの機嫌を毎日手帳に記録していくというものだ。

アルベルタが手帳を取り出し主人を一瞥《いちべつ》すると、眉間に皺《しわ》が寄ったヴィクターと目が合う。機嫌が良さそうには見えなかったので、アルベルタはご機嫌欄に『険悪』と記した。

おそらく『良好』と書く日は来ないであろうとわかりきっていたが、内緒でこういった記録をつけることに、密かな楽しみを見出《みいだ》す。

給仕《きゅうじ》が終わっても、優雅に主人の食事風景を眺める時間はない。急いで衣装部屋に行って主人の脱いだ寝間着などを回収し、一階にかけ下りて洗濯女中《ランドリーメイド》に渡した。

今日は客人の訪問が二件もあるため、蒸留室《スティルルーム》に行って担当女中に菓子を作るように手配する。それから本日二度目の茶を淹《い》れて二階までかけ上がり、食事を終えた主人の前に出す。今回は問題なかったようで、顔をしかめられることもなかった。

手帳に記してあった一日の予定を読み上げ、主人に伝える。ヴィクターが執務室に入ると、無人となった食堂机の片付けを開始。客人が来るまでは、ひたすら部屋の掃除に取りかかる。

ヴィクターの使うすべての部屋には、足に負担がかからないようにふかふかの絨毯《じゅうたん》が敷いてあった。その絨毯《じゅうたん》が傷《いた》まないよう細心の注意を払いながら、箒《ほうき》をかけてゴミを掃《は》き出す。それから洗剤の付いた布で丁寧に毛の汚れを拭き取り、殺虫効果のある液体を振りまいて、最後にブラシをかける。

そんなことをしていると、午前はあっという間に過ぎていく。一人でヴィクターの世話をするのは目が回るほど忙しいが、働いている時間は無心になれるので、悪くないとアルベルタは思っていた。

その後も暖炉掃除や家具磨き、執務室のインク補充など雑務は山のようにある。バタバタしているうちに、客人が訪問する時間が迫っていた。アルベルタはエプロンを外し、手袋も新しいものに換えて、茶器とお菓子の準備に向かった。

「お待ちしておりました。どうぞお二階へ」

客人を玄関で出迎え、二階の応接間《ドローイングルーム》に案内する。本日の来客は、軍時代の知り合いだと聞いていた。

「いやあ、びっくりしたなあ、女性の執事なんて初めてだ」

ヴィクターよりも三つ年上だというセドリック・ハインツは背が高く、髪を短く刈り込んでおり、いかにも軍人といった外見であった。

彼は給仕《きゅうじ》するアルベルタをまじまじと眺めてくるが、そんな不躾《ぶしつけ》な視線にも、アルベルタは愛想良く微笑んだ。

珍しく外は晴天で、部屋の中に日差しが強く照り付けていた。アルベルタは日の光が苦手なヴィクターのためにカーテンを半分閉める。少し部屋が暗くなったので、燭台《しょくだい》の蝋燭《ろうそく》に火を点《とも》し、深く礼をして部屋から立ち去った。

その様子を探るように見ていたヴィクターの視線に、アルベルタは最後まで気付くことはなかった。

執事がいなくなり、二人だけになった部屋で、セドリックは下品な笑みを浮かべていた。

「彼女はお前の趣味か？」

「馬鹿か」

古くからの戦友である二人は、遠慮のない会話を繰り広げる。

「近頃の女はドレスに物量のある腰当て《バッスル》をつけていて、まったくけしからんと思わないか？」

セドリックの言葉に、ヴィクターは眉をひそめる。

「……何が言いたい？」

「最近のドレスはフリルで腰回りを細く見せる構造をしていて、尻が見えないのだ」

呆れと軽蔑の視線を向けるヴィクターであったが、相手はまったく怯《ひる》まなかった。

「それに比べて、お前の執事は非常に素敵だ!!　ぴったりと密着したズボンを穿《は》くことによって、体の線がわかりやすい。それに、この上なく美しい尻をしているな!!　見たか、先ほどこちらに背中を向けて屈《かが》んだ時の尻、ああ、お前の方向からは見えないか。残念だったね」

あまりにも下らないことを言う旧友を前に、ヴィクターはため息をつく。

「さては、彼女はお前の愛人か？　見た目は少々地味だが、美人だし色っぽい。スタイルは最高だ」

「……どうとでも思えばいい」

なげやりな回答をするヴィクターに、セドリックは不服そうに煙草の煙を吹きかける。

「まあ、おふざけはいいとして、怪我の調子はどうだ？」

セドリックは側に置かれた杖と、手袋に包まれた手を見つめる。

「日常生活には支障ないと言っていたが、本当に大丈夫なのか？」

「問題ない」

「そう、か」

二人は久し振りの再会だった。二年前にヴィクターは怪我をして、戦場から離れた異国の街に移され、そこで療養していた。それ以来、二人が会うことはなかったのだ。

「美人だと噂の母親は元気にしているか？　今日は？」

「出かけている」

「なんだ。せっかく評判通りの美しさか見たかったのに」

セドリックは煙草の火を灰皿に押し当て、用意されていた紅茶を口に含む。ついでに茶菓子も適当に口の中に放り込んだ。

「しかし、生きていて本当によかったよ。こっちには死亡通知が届いていたからさ」

情報の行き違いで、しばらくヴィクターは死亡したことになっていたのだ。怪我の治療を終えて、軍の本部に戻ると、職場にあった私物はすべて実家に送り返されていた。

セドリックは懐《ふところ》から小さな箱を取り出し、上蓋《うわぶた》を開いて机の上に置く。

「今日の授賞式を欠席したのはお前だけだったよ。女王陛下から声をかけていただける、二度とない式典だったというのに」

差し出された箱の中身は勲章だった。

【ヴィクトリカ十字章】——国内最高の武功勲章とされている。

敵前で勇気を見せ、武勲を立てた者へ贈られる物だ。十字型の勲章には、王冠と鷹《たか》の意匠《デザイン》が彫り込まれている。そして、中心には女王からの「勇気を称えて」という言葉があった。

「ヴィクター、報奨金も断ったってどういうことだ？」

「報奨金と言っても、支払うのは税金からだ。国民の平和のために戦ったのに、その者達から金を奪い取るなどあってはならないことだろう」

「お前なあ。王室にも体面《たいめん》ってものがあるのによ」

現在、王家の近衛隊に所属しているセドリックは、口ではヴィクターの言動を批判しながらも、表情は至極愉快、といった様子であった。

「お祝いのワインを開けよう」

そう言って、勝手に使用人の呼び鈴を鳴らす。すぐに、アルベルタがやってきた。

「すまないが、ワインのグラスと軽いつまみを頼む」

「かしこまりました」

アルベルタは客人の要望に従って棚からグラスを取り出し、机の上に並べた。あらかじめ用意してあったチーズは、すでに一口大に切り分けられている。

「ワインは冷やさなくても？」

「ああ。澱取り《デカンタージュ》だけしてくれるかな？」

「はい、ただいま」

慣れた手付きでワインをガラス容器に移し、グラスへと注《つ》いでいく。

「執事のお嬢さん、お名前は？」

「キャスティーヌと申します」

「何・キャスティーヌさんかな？」

「アルベルタ、です」

「そう。アルベルタ、素敵な名前だ」

セドリックの褒め言葉に、アルベルタは黙礼で応《こた》える。ヴィクターは、よくもそんなに軽口をたたけるものだと呆れていた。

「あなたも、アルベルタ嬢も一杯どうぞ」

「いえ、私は」

「遠慮しないで！　今日は英雄様のお祝いなのだから」

机の上に放置された勲章を指差しながら、セドリックは言う。煌《きら》びやかな勲章を見て、アルベルタは目を見張った。すぐに、視線を主人へと移す。

「酒は好きかい？」

「ええ、とても」

「だったら呑むといい。今日は王宮でも無礼講の宴会が行《おこな》われている。ここも同じようにしようじゃないか」

「……そう、ですね。では、遠慮なくいただきます」

アルベルタはグラスを受け取り、一気に呑み干した。

「やあ、いい呑みっぷりだ。もう一杯どうだね？」

「いいえ、結構です。このあとにも仕事がありますので。私なんぞにはもったいない、素晴らしいお酒をありがとうございました」

それから、他にも摘まめるものを準備しますと言い、アルベルタは部屋から出ていった。扉がゆっくり閉められたのを確認したあと、セドリックはヴィクターの顔を見て噴き出してしまう。

「なぜ、笑っている？」

「だってお前、執事さんが来てからずっと挙動不審じゃないか。おかしくて、俺、ずっと我慢して――」

そう言って笑うセドリックを、ヴィクターは睨《にら》みつける。周囲から恐れられていた睨《にら》みも、付き合いの長い男には効かない。

「なあ、お前にとってあの娘はなんなんだ？」

「お前には関係のないことだ」

「気になるな～ちょっとだけでも教えてくれよ」

「……」

ヴィクターがセドリックの質問に答えることはなかった。

◇◇◇

アルベルタは客人の世話を終え、ホッと一息ついていた。

休憩室の扉を開こうとすると、中から自分の名が聞こえ、ぴたりと動きを止める。扉が僅《わず》かに開いていたので、話し声が聞こえてしまったのだ。

休憩室では若い女中達が集まって噂話をしていた。美しき伯爵を女執事が独占している、と。

新しく奉公に来た女中達の話題の中心は、一度も姿を現さないヴィクターのことで占められている。配属されたばかりの彼女達は、かの美貌の伯爵を一目見ようと、茶器を手に部屋への侵入を何度も試みたが、アルベルタが彼女達の活動を妨害していたのだ。

それが気に食わないと、口々に文句を言っている。

彼女らは良家の娘達で、結婚適齢期でもあった。確かに、財産もあり、家柄も良く、見目麗《みめうるわ》しい上に独身というヴィクターを気にするなというのが無理な話で――それと同時に噂になっているのが、女執事《アルベルタ》の愛人疑惑であり、それを聞いたアルベルタは驚くことになった。

「なんでも、伯爵様に近づこうとした女中は執事が辞めさせるように手配するのですって」

「それ、本当？」

「ええ、イザドラお嬢様が言っていたもの」

「だったら愛人で間違いないわね」

そろそろ立ち聞きにも飽きたので、アルベルタは休憩室の扉を開けた。女中達が一斉にぎょっとする。

「――あれ、お邪魔だったかな？」

開き直って明るい声で話しかける。そして、女中頭《じょちゅうがしら》より頼まれていた用件を伝えた。

「申し訳ないのだけれど、誰かイザドラお嬢様にお茶を持っていってくれるかな？」

女中達は、急に部屋に入ってきたアルベルタに背を向ける。誰も返事はしなかった。

アルベルタは仕方なく、自《みず》らイザドラの部屋に茶を持っていくことにした。

伯爵令嬢、イザドラ・ガーディガン。黒髪の美少女で、性格は我儘《わがまま》。アルベルタを無視し続けていたが、ヴィクターの専属世話係を任命された日から、さらに態度は悪化していった。

「お嬢様、お茶の準備ができました」

アルベルタがイザドラの部屋の扉をノックする。

「……」

「お嬢様」

やはり返事はないが、アルベルタは勝手に部屋に入った。

「――!! ちょっと」

「申し訳ありません。お茶が渋くなってしまうので」

イザドラは執事を、この世の悪を見るような目で睨《にら》みつけている。しかしながら、神経が図太い執事には渾身《こんしん》の睨《にら》みも響かない。しれっとしながらお伺《うかが》いをたてる。

「イザドラお嬢様、お砂糖はいかがなさいますか？」

「……」

「では、三杯くらい入れますね」

「はあ⁉　ちょっと、何を勝手に‼」

アルベルタはイザドラの抗議に耳を傾けず、サラサラと砂糖を入れていく。前に家人の紅茶の好みや飲み方を女中頭《じょちゅうがしら》に聞いていたのだ。

『大奥様は砂糖二杯にミルクはなし。旦那様は何も入れない。お嬢様は砂糖三杯にミルクはたっぷり』と。くるくると匙《さじ》で紅茶を混ぜてから、イザドラの前に置いた。

「あ、あなたね‼」

「冷めないうちにどうぞ、イザドラお嬢様」

笑みを浮かべ、紅茶を勧める。イザドラと目が合うと、ツンと目を逸《そ》らされてしまった。

ヴィクターの無視と無反応に比べたら、イザドラの態度は可愛らしいもので、アルベルタは何をされようがまったく気にしなかった。

気の毒な事情を聞いたからというのも、理由の一つであるが。

「スコーンは焼きたてですよ。時間が経てば石のように硬くなってしまいます」

アルベルタはスコーンを二つに割って大量のクロテッドクリームを塗る。仕上げとばかりに甘酸《あまず》っぱい木苺《きいちご》のジャムを載せれば完成だ。

視界の端でアルベルタの行動を見ていたイザドラは、驚きの声をあげる。

「そ、それ、誰が食べるのよ‼」

「お嬢様が」

「はあ⁉　そんな物を食べたら太るでしょう⁉」

「私には痩せている女性よりも、ふくよかな女性のほうが魅力的に見えます」

「あ、あなたの好みなんか聞いていないわ‼」

そう罵《ののし》りながらも、視線はスコーンに釘《くぎ》付けであった。その様子に、アルベルタは笑みを深める。

「な、何よ、何がおかしいの⁉」

「いえ、お嬢様は本当にお可愛らしいな、と」

「は、はあ⁉　どういう、意味よ‼」

そのままの意味だと答えるアルベルタ。

「例えば、大奥様は笑顔が素敵なのですが、何をお考えなのかまったくわからないのです。一方で、旦那様は私に対し無反応を貫《つらぬ》いており、欠片《かけら》も可愛くありませんし」

「お、お兄様が可愛くないとか、何をおっしゃっているのかしら？」

「イザドラお嬢様には、旦那様が可愛く見えるのですか？」

「そういう話ではないのよ‼」

むしゃくしゃしたイザドラは、皿の上にあったスコーンに齧《かじ》りつく。さっくりしていて、口の中でホロホロと崩れるスコーンは、濃厚で甘ったるいクリームと甘酸《あまず》っぱいジャムで、素晴らしく調和が取れていた。それをあつあつの紅茶と合わせると、至福の時間となる。太らないようにと、最近は茶菓子を控えていたイザドラだったが、久しぶりの甘味に張り詰めていた心が癒《いや》されたらしい。ホッと息を吐いた。

「もう一つ、お召し上がりになりますか？」

アルベルタは空《から》になった皿を見て問いかける。夢見心地のイザドラはぼんやりと頷いた。

「では、今度はいちじくのジャムにいたしましょうか」

丁寧な手付きでスコーンをナイフで二つに切り分け、先ほどと同じようにたっぷりクロテッドクリームを塗り、最後にジャムを載せる。執事の手から直接受け取ったイザドラは、スコーンを三口で食べきった。

しかし、理想の腰回りを十八インチとする女性にとって、スコーンは悪魔の食べ物でもある。減量中だったことを思い出したイザドラは、ハッとしてアルベルタを睨《にら》みつけた。

「美味《おい》しいですか？」

「ぜ、全然、ぜ〜んぜん美味《おい》しくなんか、ないわ‼」

「左様でございましたか」

そう言って微笑みながら、アルベルタはクロテッドクリームの蓋《ふた》を閉め、並べていたジャムを手押し車に戻していく。イザドラが片付けられていく甘味を残念そうな顔で眺めているのはわかっていたが、これ以上勧めれば拗《す》ねてしまうだろうと思い、引き下がることにした。

じっと、焼けるような視線をイザドラから感じる。気付かない振りをしていたが、熱すぎる視線がどうにも気になってしまう。

アルベルタは、彼女は自分のことが気に食わないのだろうと推測する。

突然現れて、女性は就けないはずの執事を名乗り、母コーデリアとも問題なく会話する存在に嫉妬《しっと》しているのだろう。おまけに兄ヴィクターの専属執事にまでなってしまい、嫌でも目についてしまう。だから、腹いせに彼女はありもしない話——ヴィクターをたらしこんでいる不埒《ふらち》な女だという話を女中に吹き込んだのかもしれない。

噂話が原因で、使用人達が集まる階下で冷たくされるアルベルタであったが、一向に応《こた》えていなかった。工場で働いていた時のほうが、雑な扱いを受けていたので平気だったのだ。

アルベルタは、前伯爵が亡くなってからのイザドラの孤独を想像する。

母親に急に冷たくされ、使用人達にも腫《は》れ物のように扱われる。

しかし、母親は恨めなかった。十四年振りに家に帰ってきた兄も、ずっと会いたかった相手で――けれど、二人とも家族であるイザドラを無視している。

その悲しみは計り知れない。アルベルタが可哀想だと感じたことは一度や二度ではなかった。

だから、イザドラが精一杯考えたささやかな意地悪を、甘んじて受けようと思っている。

「――イザドラお嬢様、お茶のお代わりは？」

「要らないわ」

その発言のあと、急に大人しくなったイザドラ。アルベルタはそんな彼女が心配になって覗《のぞ》き込んだ。

「お嬢様、いかがなさいましたか？　具合でも悪いのでしょうか？」

額に手を伸ばし、熱がないかと調べる。

イザドラは驚いて、接近してきたアルベルタを力いっぱい押し戻した。

「べ、別に、なんでもないわ!!　わ、私に、気軽に触らないで!!」

「よかった」

「何がよかったって言うのよ!!」

「お元気そうだったので」

「はあ⁉」

「ああ、イザドラお嬢様、クリームが、お口に」

アルベルタは手袋を外し、イザドラの口の端を親指の腹で軽く拭《ぬぐ》う。

「な、なな、何を⁉」

「綺麗になりましたよ」

平然とそう言って、クロテッドクリームの付いた指先をペロリと舐《な》めた。

「美味《おい》しいですね」

「な、な‼」

イザドラはぶるぶると震えながらアルベルタを指差し、口をパクパクさせて何か言おうとしたが、結局言葉は出てこなかった。

「お熱はないようで安心いたしました。ですが、具合が悪くなった時は呼んでください。それでは失礼いたします」

「あ、あなたに用事なんてないわ‼　もう二度と来ないで‼」

そんな悪態は気にせずに、アルベルタは黙礼する。

イザドラは、「覚えていなさい！」と、まるで物語の悪役のような台詞《せりふ》を扉に向かって叫ぶことになった。

◇◇◇

労働者階級の人々にとって、浴室のある家は豊かな生活の象徴であった。

ほとんどの家には風呂場がなく、週に一度大衆浴場で体を清めるという習慣がある程度。それ以外の日は水で濡らしたタオルで汚れを拭《ぬぐ》うだけだった。

アルベルタが暮らしていた寮も、シャワールームは完備されていたが、出てくるのは冷たい水で、冬場は毎日お湯を沸かして体を拭いていた。

子ども時代も、マルヴィナに仕えていた時も、毎日風呂に浸かっていたアルベルタには、シャワーと体を拭くだけの生活は苦痛であった。

一方で執事になってからは、毎日浴槽に浸かる贅沢《ぜいたく》を味わっていた。ガーディガン伯爵家には使用人専用の風呂場がある。主人一家の物は家の中にあり、厨房《ちゅうぼう》にある大鍋で湯を沸かして運ばなければならないが、使用人用の風呂は屋外にある。井戸から浴槽に水を入れて、竈《かまど》に火を入れて沸かす、という異国の技術を取り入れた風呂なのだ。

一日の仕事が終わったアルベルタは、食事よりも先に風呂場へ向かった。

井戸から何回かに分けて水を運び、浴槽の真下にある竈《かまど》に火を入れて湯を沸かす。

数十分後、湯気が立っている湯に手を浸して温度の確認をすると、出入り口の看板を『使用中』に換え、脱衣所で服を脱いで浴室へ入った。

桶《おけ》で湯を掬《すく》って頭から被ったが、少しだけ熱い。浴室の端にある壺《つぼ》の中の水を浴槽へ追加する。良い湯加減となったのを確認しつつ、固形石鹸《せっけん》で体を洗った。

ここにある石鹸《せっけん》などはすべて手作りのものである。これは女中頭《じょちゅうがしら》ヨランダ・コートの個人的な趣味であり、市販されている商品には肌を荒れさせる物が混入されているため、自分で作り始めたのだという。そんな石鹸《せっけん》や洗髪剤などは、女性使用人の間で好評であった。アルベルタも髪の毛が柔らかくなったと気に入っている。

体や髪を洗い終わると、浴槽へ浸かった。小さな瓶に入っている花の香りを抽出《ちゅうしゅつ》した液体を湯に垂らせば、ふんわりと甘い香りがたち込める。この精油《せいゆ》は先日の初給料で購入した品物であった。

精油《せいゆ》を入れた場合、次に入る人のために湯を捨てて沸かしなおさなければならないが、その労力を差し引いても、この時間はかけがえのないものだった。

アルベルタは鼻歌を歌いながら、一日で唯一の優雅な時間を過ごした。

◇◇◇

いつもの朝。

アルベルタの仕事は新聞紙のアイロンがけから始まり、無愛想な主人の朝食を準備して、掃除に取りかかる。途中ラザレスとすれ違って、肩を掴まれた。

「おい、大丈夫か？」

「何が？」

「だってお前、旦那様の洗濯までしているのだろう？」

「ああ、まあね」

先日、またしても事件が起きた。新しく入ったばかりの洗濯女中《ランドリーメイド》が、ヴィクターの乾いた服を届けに部屋に入り込んできたのだ。聞けば、洗濯物は口実で、伯爵家の主人とお近づきになるのが目的だったと言う。

「よくもまあ、同じような事件を起こすよな」

「仕方がないよね、そればっかりは」

そんな事件が起こり、コーデリアは女中がヴィクターの洗濯物に触れるのを禁じた。

「なあ、洗濯くらい、俺がするよ」

「大丈夫。私は元雑役女中《メイドオブオールワークス》だからね。一人の生活の世話をすべて行《おこな》うのには慣れているから」

「け、けどよ！」

「食事は作らないから楽だし、工場の仕事よりはずっと雇用条件もいいから問題はないよ」

アルベルタは心配そうなラザレスの背中をぽんぽんと叩き、礼を言った。

「それはそうと、お前は旦那様と一緒にいても平気なのか？」

「平気というと、金持ち伯爵と結婚したいという欲求が湧いてこないか、ってこと？」

「まあ、そうだな」

アルベルタは元より結婚への意欲が薄い女性である。燃えるような恋をして結ばれた両親の不仲を目《ま》の当たりにし、彼らとそりも合わなかったため家を出たのだ。加えて今、異様な家族関係を結んでいる伯爵家の内情を知り、ますます結婚に夢を抱かなくなった。

「私は、もしも結婚をするなら、優しい人がいい」

「そうか」

「ラザレス、あなたみたいな」

「は⁉」

「いつでもいいから、その気になったら結婚を申しこんでくれると嬉しい」

「ば、馬鹿か！　お前、何を‼」

結婚という二文字は彼女には重たい言葉であった。そんな自《みず》らの感情を押し隠すため、軽口をたたく。

「冗談だよ」

楽しげに笑いながら去るアルベルタを、ラザレスは呆れながら見送った。

主人の部屋の掃除を終えたアルベルタは、エプロンを剥《は》ぎ取りつつ、次の仕事の段どりを考えていた。そんな彼女にかけ寄ってきたのは、家女中《ハウスメイド》のメアリーである。

なんでも客人がヴィクターを訪ねてきたが、伯爵家全体の来客者一覧表の中に名前がなかったのだという。

「旦那様にお客様？」

「は、はい。急ぎの用事のようで、その」

「わかった、ありがとう。仕事に戻ってもいいよ」

「はい。対応のほど、お願いいたします」

「了解」と返事をしつつ、首を捻《ひね》りながら玄関へと向かう。そこにいたのは中年男性であった。

「申し訳ありません。お待たせを」

「いいえ、こっちが約束もなしに勝手に訪問してきたものですから」

来客は、半月前にヴィクターを訪ねた畜産農家の者だった。客間に通して話を聞くと、先日持ってきた書類の回収に来たとのこと。

「突然すみません。競《せ》りが明後日でして、伯爵様の署名と承認印がないと出せないものですから……。普段は一週間前には郵送されるので、もしかしたら配達の途中で紛失されてしまったのかと」

「わかりました。至急、確認してきましょう」

ヴィクターの部屋へ向かいながら、アルベルタは手帳の確認をした。ここ数週間の中で畜産農家へ書類を送ったという記録は残されていない。アルベルタは毎日の郵便物を誰に送って、誰に頼んだかを記録していたのだ。そのため、こちら側のミスということになる。

ヴィクターの執務室の扉を叩いて部屋に入る。そして朝から不機嫌《ふきげん》な主人に、急ぎの書類があることを伝えた。

彼自身、その書類のことは把握していたようで、山のように積み上がっている紙の中から契約書を発掘した。

ざっと紙面に目を通し、署名と伯爵家の印鑑を押すだけという簡単なものであったが、ヴィクターは羽根ペンを握ったまま、動かなくなってしまう。

「旦那様、お客人がお待ちです」

そう言うと、なぜかヴィクターは左手でペンを握り直し、ぎこちない動作で名前を書き始めた。

アルベルタは署名と捺印のなされた書類を受け取り、急いで客人のもとへ行き、書類を渡した。

それから、しばし考える。いつもは一日十通以上送っていた手紙や書類などが、最近は五通以下に減っており、表情の読めなかったヴィクターが、最近は明らかに不機嫌《ふきげん》だった。さらに、先ほど利き手を使わずに、慣れない左手で文字を書く姿を見て、アルベルタは確信した。

「――旦那様、少しよろしいでしょうか？」

その日の夕方、アルベルタは再び主人の部屋を訪れた。

以前ならば、夕刻になれば書類の山も片付いていたというのに、今日はいつにも増して、高い山が残ったままであった。

　ヴィクターの不機嫌《ふきげん》は最高潮に達しているようで、アルベルタの言葉に反応しない。

「旦那様、その、間違っていたら申し訳ないのですが――もしや、手があまり動かないのではありませんか？」

　ヴィクターが一瞬だけ動きを止めるが、またゆっくりと再開される。ペンを握ったヴィクターの右手が微かに震えているようにも見え、アルベルタは目を細める。

「旦那様」

「――うるさい！　使用人ごときが、私の仕事に口出しするな！」

　ヴィクターは顔を上げて、アルベルタを鋭く睨《にら》みつけた。彼女は、初めてヴィクターの声を聞いたのでびっくりしたが、すぐに冷静さを取り戻す。

　忠誠心の高い使用人ならば、ここで引き下がったかもしれない。だが、残念なことにヴィクターと対峙しているのは、伯爵家に思い入れのない執事である。

「旦那様、失礼だとは存じておりますが、書類を処理する速さがここ数日で格段に落ちているように見受けられます。それは、手の調子が悪いからではありませんか？　そうですよね？」

　アルベルタの言葉に、ヴィクターは答えない。

「大奥様に相談してお手伝いできる者を手配したほうが――」

「言うな」

「ですが」

「言ったら、お前を解雇する」

ヴィクターはそう言って、鋭く睨《にら》みつけてくる。

アルベルタは自分の心臓が大きな鼓動を打っているのに気が付いた。

『特に注意が必要なのはヴィクターだな』

彼の形相を見て、ラザレスが言っていたことを思い出してしまったのだ。全身に鳥肌が立ち、殺される、と思ったのは人生で初めてだった。

しかしながら、アルベルタの表情は恐怖とまったく逆のもので――笑みが浮かんでいた。恐怖心が高まると、緊張をほぐそうとして笑ってしまうのだろうか、と他人事のように考える。

「何を笑っている、気味が悪い」

「ええ、まあ、そうですね」

今すぐ出ていけという主人の言葉を無視して、アルベルタはある契約を持ちかけた。

「では旦那様、この件を秘密にする代わりに取引をいたしませんか？」

「なんだと？」

「取引と言っても、多大な金銭などは要求いたしません。そうですね——地下貯蔵庫の、お酒をいただけないでしょうか？」

「は？」

「ついでに、取引の特典を付けましょうか？　そうですね……旦那様のお手紙の代筆や、書類の整理、捺印などをわたくしが行《おこな》う、というのはいかがでしょうか？」

依然として、ヴィクターは眉間《みけん》に皺《しわ》を寄せ、アルベルタを睨《にら》みつけている。

「それ以外のわたくしの仕事のことはご心配なく。きちんとお世話もさせていただきます。今までは手を抜いてのんびり仕事をしていたので、本気になれば旦那様のお仕事を手伝う時間も捻出《ねんしゅつ》できますから。悪い話ではありませんよね？」

アルベルタは、企《たくら》みごとをするような笑みを浮かべながら、上から目線の提案をする。

ヴィクターは苦渋の表情を浮かべ、執事の取引に応じるか否《いな》か、迷っているように見えた。

幕間　ガーディガン伯爵家兄妹の個人的事情

「──異常なしですね」

医者ははっきりとそう告げる。ヴィクターは、定期的に屋敷を訪れる医者の診断を受けていた。指先の焼けるような痛みについて相談するも、診断結果は異常なし。

「指先の筋も正常な反応を示しますし、傷のあった場所の神経が麻痺《まひ》している、というわけではないようです。可能性があるとすれば、心因性疼痛《とうつう》ですね」

「それは？」

「その名の通り、心の不安などが引き起こす症状です。もう一度、長い休養を取ってはいかがでしょうか？　ここは空気も悪いですし、静かな場所でゆったりすれば、症状も改善しますよ」

こうして助言だけ言い残し、医者は薬も出さずに部屋を出ていった。

ヴィクターは反応が鈍い利き手を眺めながら、握ったり開いたりを繰り返す。動きはぎこちないが、日常生活を送るには問題ない。指先に力が入らなくなるのは、決まって執務中だけだった。最初は手を酷使《こくし》したせいでこのような症状が出るのかと思っていたが、日を追うにつれて、手先の感覚を失う時間が早く、長くなっているのに気が付き、一人焦りながら仕事をしていたのだ。

心因性ということは、心の弱さが原因ということになる。我ながら情けないと、自《みずか》らを嘲笑《あざわら》った。

そしてヴィクターは、己《おのれ》の自暴自棄な人生を振り返る。


二十八年前にガーディガン伯爵家の長男として生まれ、近い将来、広大な領土を受け継ぐことを約束されていたヴィクター。

しかしながら、父親と祖母の不仲を目の当《ま》たりにしながら過ごし、一見穏やかに見える母親は静かに怒っているという、おかしな環境で育つ。

大きくなるにつれ、父と祖母の喧嘩の原因を理解するようになると、同じ歳の子どもよりも冷めた考え方をするようになっていた。そして、父親のようになってはならないという祖母の厳しい教育に耐える毎日を送った。

祖母のことは尊敬していたが、家で喧嘩をしている様子を見たくなかったヴィクターは、地方にある寄宿学校に通う決意をした。それから十代の半ばになるまで寮生活をし、飛び級をして大学の入学試験に受かったので、報告するために久々に帰宅した。しかし、家ではとんでもない事件が起きていた。

祖父が亡くなったのをきっかけに、祖母が家を追い出されていたのだ。

今すぐ連れ戻すよう父親を説得したが、聞く耳など持たなかった。

家に対して心底嫌気がさしたヴィクターは、伯爵家なんか没落してしまえばいいと思い、大学への道を蹴って軍隊の門を叩いた。

最初に配属されたのは、煌《きら》びやかな社交界とは程遠い、労働者階級の者ばかりが集まる小隊であった。もちろん、小綺麗な身なりのヴィクターは隊の者達に馬鹿にされたが、当時どうにでもなれとなげやりになっていた少年には、どんな言葉も苦にならなかった。

そんな状態のヴィクターを変えたのが祖母、マルヴィナからの手紙だった。

手紙には、自棄《やけ》になってないか、自分の命を軽く扱っていないか、しようもないことを考えていないか、という説教が書かれていたのである。

最後に『やるからには伯爵家の誇りを胸に、最後まで責任を持ってやりなさい』と記されていた。

その時になってヴィクターは気付く。

自分が間違った行動をとれば、祖母の名前までも傷つくのだと。

一通の手紙をきっかけに、ヴィクターはなげやりな態度を改めるようになった。

祖母との文通を頻繁に行《おこな》い、日々の生活にも張り合いが持てるようになっていた。

そんな中、ヴィクターの祖母、マルヴィナにも変化が訪れる。

厳しいマルヴィナに耐え切れず、今まで長く続いた使用人はいなかったのだが、怒っても怒っても、すぐに立ち直るという、神経の図太い娘が入ってきたと手紙に記されていたのだ。

初めこそ呆れながらその娘と祖母の日常を読んでいたが、手紙の回数が増えていくうちに、次はどのような面白いことをしでかすのかと、楽しみになっていた。

いつの間にか気になって仕方がない存在となっていた娘の名前は、アルベルタ・ベイカー。

祖母曰《いわ》く、底抜けに明るく、凹《へこ》み知らずで、どうしようもない楽天家だという。

マルヴィナとの文通は長年に及び、やがてアルベルタが代筆をすることも多くなった。

彼女と祖母の面白い話が読めなくなったのは残念ではあったが、アルベルタの文字を指で追っていると、少しだけ彼女に近づけたような気がして、不思議と満たされた。

祖母の最後の直筆の手紙には、こう書かれていた。

『アルベルタには、私のできる限りの知識と教養を与えました。もちろん、あなたと結婚させるためです。あなたが伯爵家に戻った時、彼女はきっと力になってくれるでしょう。ただ、結婚は強制ではありません。けれど、あなたもアルベルタを気に入ると思います。明るくて素直な子です。少し元気過ぎるところもありますが、あなたが大人しい人なので、ちょうどいいのかもしれませんね。いつか、迎えに来てくれる日を楽しみにしています。もしも、この家にアルベルタがいなくても、探してくださいね。約束ですよ？　特徴は、茶色の髪と瞳、アーモンド型の目、唇の下にホクロがある綺麗な娘です。――

愛を込めて、マルヴィナ・ガーディガンより』

今すぐにでも軍を辞めて、二人を迎えに行きたいという気持ちでいっぱいになっていたが、マルヴィナの『最後まで責任を持ってやりなさい』という言葉を思い出し、なんとか戦争が終わるまではと耐えた。

日々、戦火は拡大していった。

手紙のほとんどがアルベルタの代筆した物となった頃、具合でも悪いのかと聞いても、健康には問題ない、ペンを握るのが億劫《おっくう》なだけだ、という定型文が帰ってくるだけだった。

その後、戦況がいよいよ厳しくなり、手紙などの配達物の流通規制が始まってしまった。

最後に受け取った手紙には、誕生日の贈り物として、伯爵家の家紋である釣鐘草《カンパニュラ》の刺《し》繍《しゅう》入りのハンカチが入っていた。それを広げてみれば、端のほうに【アルベルタ・ベイカー】という名前が縫《ぬ》いこまれていた。

きっとアルベルタが取り違えて送ってしまったのだと思い、祖母の最後の手紙と共に木箱に入れて、すぐに取り出せる場所に仕舞い込んだ。

以降の日々は悲惨《ひさん》なものであった。

少人数で戦場に駆り出され、半数以上を犠牲に帰還、という毎日を繰り返す。

新しい手紙は届かないので、今まで受け取っていた物を読んで、なんとか自分を保っていた。

それからしばらく経って、次の戦いで勝利すれば戦争は終わる、というところまできていたのに、ヴィクターは敵陣営への奇襲部隊に配属されてしまう。

なんとか任務を成功させるも、撤退時に捕まり、敵国の白旗が出るまでひどい扱いを受けた。

その結果、片手と片足に大怪我を負い、敵国での療養を余儀なくされたのだった。

戦争は終わったものの、入院生活は散々なものだった。

言葉は通じない、利き手は動かない、歩行も困難、という三重苦。

辛い毎日であったが、マルヴィナとアルベルタを迎えに行くという目標があったので、なんとか乗り越えることができた。そんな中で、父親の死を祖国の新聞で知る。

急いで帰る手配を進めるように病院側に頼み込んだが、なぜか帰国させてもらえなかった。

一刻も早く帰国したいと願っていると、ある日病院の院長の娘とヴィクターとの縁談話が進んでいると聞かされ、呆然とする。特別親切に看護してくれていた女性は院長の娘だったのだ。

とんでもない話だと断り、無理矢理病院を抜け出して国に帰った。

ところが、国で待っていたのは、父だけでなく尊敬する祖母も亡くなっていたという知らせだった。

最悪なことに、父である伯爵はマルヴィナの死を隠匿《いんとく》し、他の家族でさえ知らなかったのだ。慌てて祖母のいた街へ行ったが、住んでいた部屋は空《から》となっていた。

母親に祖母の世話をしていた女中の話を聞くも、知らないと返される。

探偵を使い、アルベルタの行方を捜したが、すでに彼女の実家であるベイカー子爵家は没落していた。なんでも領民からの税金を横領し、アルベルタの父親である当主は名もなき島へと送られ、他の家族は国外追放の刑となったらしい。

罪人一家となったベイカー子爵家は、戸籍も何もかもが抹消され、彼女を辿《たど》る情報はなくなっていた。

すべてが、遅かったのである。

将来に何の希望も見出《みいだ》せなくなっていたヴィクターは、母親から伯爵家の当主の座を押し付けられた。そして、久し振りに帰ってきた伯爵家は、少しも変わっていなかった。

今は亡き父親の愛人はまだ屋敷で働いていたし、母親コーデリアもおかしなまま。初めて顔を合わせた腹違いの妹には、なんの興味も持てなかった。

そんな荒《すさ》んだ環境で暮らしていると、怪我をした場所がジクジクと疼《うず》き、次第に痛み始めた。

毎日が最悪だった。

何をするにも無気力で、他人と関わり合いを持とうなどとは思わなくなっていた。

そんな時、紹介された新しい執事の名は【アルベルタ】だった。

アルベルタ・フラン・ド・キャスティーヌ。

戦火を逃れて異国よりやってきた貴族の女。しかし、いつの間にか思いを寄せていた
アルベルタ・ベイカーではない。

アルベルタという名前は、この国ではありふれたものだ。

数十年前に異国よりやってきた女王の夫――アルバート王配殿下の名を、女性名で発音したのがアルベルタである。

アルバート王配殿下は、アルベルタ・フラン・ド・キャスティーヌと同じ隣国出身の王族。いつの時代でも、王族の名を自分の子どもに付けることは市民の間で流行《はや》るものだ。だから同じ名前の女が国をまたいで存在するのも、おかしいことではない。

理解していたにもかかわらず、彼女のことがどうしても気になってしまう。

他人に決まっているからと、アルベルタの顔は見ないようにしていた。なのに、彼女が書いた文字を見た瞬間に、その丸みを帯びた独特の癖がアルベルタ・ベイカーと同じように見えて、思わず顔を確認してしまった。

その時の衝撃をヴィクターは忘れられない。

見上げた女の、茶色い髪と瞳、アーモンド型の目、唇の下のホクロ。

女執事は、祖母の言っていたアルベルタ・ベイカーの特徴をすべて備えていた。

だが、彼女がここにいるわけがない。女執事の書いた文字は異国の言葉で書かれていたので、似ていると思ったのも気のせいかもしれない。それを確かめようにも、軍の部屋に保管していた手紙などの私物は、ヴィクターの父親が処分してしまったためかなわない。

膨れ上がった期待を、つまらない妄想だと振り払い、ヴィクターは女執事の文字が書かれた紙を握り潰したのだった。


その後、手の不調がアルベルタにバレてしまったので、酒と交換で仕事を手伝わせている。手紙の代筆、書類の整理、簡単な帳簿の記録。仕事の一部を手伝ってもらうだけで、随分《ずいぶん》楽になった。彼女はとても優秀な助手だったのだ。

だが図太い執事は高い酒ばかり要求するので、腹が立ったヴィクターはさまざまな仕事を押し付けている。

「旦那様、お手紙の返事はこちらでよろしいでしょうか？」

女執事の書いた文字は、やはりアルベルタ・ベイカーの書いた文字に見える。

だが、ヴィクターはこれも自身の弱い心が見せる幻想だと思っている。

そう思うことによって、ヴィクターはどうにか心のバランスを保っていたのだ。

以上がヴィクター・ガーディガン伯爵の、二十八年にも及ぶやけくそ人生である。

◇◇◇

その日、イザドラは、とある子爵家のお茶会に呼ばれていた。

新しく仕立てたドレスをまとい、いつもとは違う大人っぽい化粧をするよう侍女にお願いする。

「どうかしら？」

「ええ、とてもお似合いですわ」

誰に感想を聞いても、大抵いつも同じ言葉が返ってくる。最近、作った笑顔と本当の笑顔の違いがわかるようになったイザドラは、侍女の偽物の笑顔に冷ややかな視線を送った。

「帰りは夕方くらいになるわ」

「はい。旦那様にお知らせするよう、ミス・キャスティーヌに伝えておきます」

二ヶ月前にやってきた女執事は、イザドラの意地悪にも構わず、仕事を続けているようだ。繊細な神経は持ち合わせていないのか、女中達の嫉妬《しっと》も、ものともしない。一回だけ茶を持ってきたことがあったが、話してみれば案外嫌な女ではなかった。だが、イザドラはなかなか素直に接することができずにいた。

せめて兄の愛人であるという噂をなくそうと、女中達に自分の勘違いだったと言っても、なぜか彼女達はアルベルタを目の敵《かたき》にすることを止めない。

イザドラはどうすればいいのかわからないまま、時だけが過ぎていった。

玄関に行くと、近くにいた使用人達が一列に並び、頭《こうべ》を垂れる。

「行ってらっしゃいませ、イザドラお嬢様」

「ええ」

イザドラはギラギラした目付きの使用人達を、恐ろしいと思うようになっていた。

表ではこのように頭を下げているが、裏では何を言っているのかわからない。悪口を言われているのかもしれない。だが母親のように理由もわからないまま嫌われるのは避けたい。そんな気持ちもあってか、最近の彼女はどこか陰のある、少しだけ暗い少女となっていた。

イザドラが外に出ようとしたその時、場違いに明るい声が聞こえた。

「おや、イザドラお嬢様、お出かけですか？」

奥の通路から出てきたのは、空気の読めない執事、アルベルタであった。

使用人から主人に声をかけてはいけない決まりがあるにもかかわらず、彼女はいつも気安い態度で接してくる。

「ああ、今日お召しなのは初めて見るドレスですね」

「え？　ええ、新しく仕立てた物なのよ」

「左様でございましたか。薄紫色のドレスはお嬢様の黒髪をより美しく見せる色合いですね。とても可愛らしいです」

「あ、当たり前じゃない」

にこにことイザドラに話しかけるアルベルタは、心からそう思っているかのような朗《ほが》らかな笑みを浮かべている。褒められて悪い気はしなかったが、素直になれないイザドラは、つい可愛くない態度を取ってしまう。

「夕方には帰るわ」

「はい。旦那様に伝えておきます」

丁寧に頭を下げる執事の言動や表情には嘘《うそ》がないように思えた。

アルベルタの姿を視界の端に入れながら、イザドラは悪いことをしたという気持ちでいっぱいになる。どうして悪口なんか言ってしまったのだろうと。

ジワジワと罪の意識に苛《さいな》まれる。

――いつか謝ろう。

そう決心しながら、彼女は屋敷を出たのだった。

第三章　空は曇り、心は雨

イザドラが出かけたあと、アルベルタは女中頭《じょちゅうがしら》に呼び出された。

「あなたという人は!!」

久々に怒りの雷が落下する。

イザドラを見送る使用人の中に、不運にも女中頭《じょちゅうがしら》がいたのである。

「お嬢様に気軽に話しかけてはいけないと、あれほど言いましたのに!!」

しかし、アルベルタは飄々《ひょうひょう》とした様子だ。

「お嬢様の表情が暗く沈んでいるように見えたので、会話をすれば気が紛れるかと」

「そのようなことは使用人の気にすることではありません!!」

「ですが、美しいものを美しい、可愛いものを可愛いと言うのは間違いではありません」

アルベルタの平然とした口ぶりに、女中頭《じょちゅうがしら》は言葉を失っている。

「植物も、褒めれば綺麗に花開くと言います。女性も同じです。お嬢様が毎日笑顔で過ごされるように、私は言い続けたいと思います」

「相手を考えなさい！」

「ミセス・コートもお綺麗ですよ。怒っていては、本来の美しさが損なわれてしまいます」

「ふ、ふざけたことを！　煽《おだ》てれば許してもらえるという考えは間違っていますからね！」

説教はこれで終わりかと思ったアルベルタだったが、ついでに仕事を言いつけられてしまう。

「客間にお茶を持っていきなさい。お客様がお待ちです」

「……はい」

ここは逆らわないほうがいいと判断し、素直に言いつけに応じることにした。

茶器などはすでに厨房《ちゅうぼう》で用意されていたので、アルベルタはそれを持っていくだけだ。

本日の客人はヴィクターの定期健診に来ていた医者。

客室の扉を叩いて中に入ると、六十代くらいの老人が長椅子に座っていた。

「お待たせいたしました」

「いえいえ」

手押し車の上で紅茶をカップに注《つ》ぎ、ソーサーの上に載せて医者の前に置く。

「執事さん、よろしかったら一緒に飲みませんか？」

カップと焼き菓子は二人分用意されていた。ヴィクターの分かと思っていたが、彼の姿はない。

いつもこのようにして使用人を茶に誘う人なのかもしれないな、と思って笑顔で応じる。

医者は非常にお喋《しゃべ》りで、ヴィクターの小さな頃の話を楽しそうに始めた。

アルベルタは彼の話を微笑ましく聞きながらも、自分が聞いていいものなのかと疑問に思う。

「ああ、そうそう。ヴィクター坊ちゃんの容態についてですがね」

医者は昔からの癖で「ヴィクター坊ちゃん」と言うらしい。二十八にもなる男を坊ちゃん扱いするので、アルベルタは思わず笑ってしまった。

そんな楽しいご老人も、ヴィクターの症状を語り出すと医者の顔に早変わりした。

「何度診《み》ても、手に異常はないのです」

「だったら、どうして？」

「痛みの原因は、おそらく精神的なものだと」

医者の言葉にアルベルタは驚いたが、伯爵家の現状を考えると、それも仕方のない話だと思う。

「残念ながら、心因性の痛みに効く薬はないのです」

「……でしょうね」

「ですが、一つだけ、改善策はあります」

医者は今から説明すると言うので、アルベルタは内ポケットに入れていた手帳を取り出す。

「まずですね、湯に入れてよく絞ったタオルを用意します。そのタオルで手の平や指先を丁寧に拭《ぬぐ》うのです。人は温かいものに触れると心が落ち着きますので」

それから指先の関節を優しく折り曲げたり、手の平を揉んだりするのだと、医者は説明する。

「それで、手先の異常は治まると？」

「ええ。医科学的な根拠はまったくありませんが」

「は、はい？　今、なんと？」

「これは、私が個人的に考えた、心癒《こころいや》される治療なのです」

アルベルタは無表情で、手帳を上着の内ポケットに仕舞いこむ。

「あの、私はこれから仕事がありますので」

「いやいや執事さん、最後まで聞いてください！」

腰を浮かせたアルベルタは、医者の必死な様子を見て、再び長椅子に座り直す。

「この治療は、女性が男性に行《おこな》ってこそ効果があるもので、施術後はなんとも言えない、満たされたような気分になれます」

医者は自信たっぷりであったが、アルベルタは疑心たっぷりになっていた。

「そういうのって、ある程度好意を持っている相手にしてもらってこそ意味があるのではありませんか？」

「いえいえ、そんなことはありません。誰でも元気になります！　男とは、残念ながらそういう生き物なのです。これを行《おこな》えば、心の中のモヤモヤも晴れ、症状は快方へ向かいますから！　是非とも、ヴィクター坊ちゃんの気持ちをほぐしてやってくださいな!!」

「……ええ、機会がありましたら」

その後、手ほどきをしようかと提案されたが、アルベルタは丁重にお断りした。

「あの、旦那様の症状のことは、私が聞いていいものだったのでしょうか？」

「そう言えば、口止めされていましたね。申し訳ありませんが、このお話は内密に」

とぼけた様子の医者を見て、アルベルタはまたしても笑ってしまった。

　こうして、医者との茶会はお開きとなった。

　翌日。


　いつもの朝がやってくる。朝食を終えたヴィクターは、書斎《ライブラリ》で煙草を吹かしている。三十分ほどぼんやりと過ごし、あとの時間は執務室に籠《こも》りっきりになるのだ。

　一方アルベルタの朝の予定はみっちりと詰まっている。ゆっくり朝食を取っている時間などない。

　しかしながら、何か腹に入れないと体力を保てないので、行儀が悪いと自覚しつつも、あることを続けている。

　それは、主人の残した朝食をいただく、というものだった。

　今日も手押し車の上にある白いパンを半分に割り、残っていたジャムを塗って一口で食べる。モグモグと咀嚼《そしゃく》していると、食堂と書斎《ライブラリ》を繋ぐ扉が開かれた。

　目が合った二人は、動きを止めて互いに沈黙する。

　ヴィクターは煙草を銜《くわ》えたまま、パンを咀嚼《そしゃく》しているアルベルタを見て、眉間《みけん》に皺《しわ》を寄せる。そして平然としているアルベルタに、一言。

「何を、している？」

口の中はパンでいっぱいなので、すぐには回答できない。

アルベルタはヴィクターが使ったあとのカップに紅茶を注《つ》いで、一気に飲み干す。そして、上唇に付いていたジャムを舐《な》め上げてから、言った。

「朝食です」

「だから、なぜ、ここでする必要がある？」

「朝は、優雅に食事をする暇がないからです」

「……品性を疑う」

「なんとでも。あ、灰が落ちそう」

絨毯《じゅうたん》に落とされたら困るので、アルベルタは灰皿を持ってかけ寄る。

「旦那様、何か用事で……ああ、時計をお忘れになったのですね」

呆然とする主人の手から煙草を抜き取り、勝手に灰皿に押し付ける。そして食堂の机の上に置きっぱなしになっていた銀の懐中時計を掴んで、再びヴィクターのもとへ戻った。

そのついでにコーデリアからの伝言を伝える。

「旦那様、先ほど大奥様がお見合いの件で話があると仰《おっしゃ》っていました。いつ頃お時間ありますか？」

差し出された時計を、ヴィクターは奪い取ろうとするが、手に痛みを感じたのか顔をしかめ、地面に落としてしまった。

アルベルタはしゃがみこんで時計を拾い、異常がないか確認する。懐中時計には伯爵家の家紋――釣鐘草《カンパニュラ》が彫り込まれており、毎日手入れをしているのか、ぴかぴかに輝いていた。蓋《ふた》を開けば、カチコチと時を刻んでいる。

再びヴィクターに懐中時計を差し出しながら、アルベルタは話を続ける。

「指先は、まだ痛みますか？」

質問をしても、ヴィクターは眉一つ動かさない。

「そういえば昨日ですね、お医者様に話を聞いたのですが――なんでも、旦那様を悩ませる症状を和らげる按摩《あんま》がありまして、それを習ったのです」

アルベルタはヴィクターの上着の胸ポケットに時計を滑りこませて尋ねる。

「一度、施術をお試しになられますか？」

「……いや、必要ない」

「左様でございますか」

あっさりと断られてしまったが、どこかホッとしているアルベルタであった。

◇◇◇

季節は巡り、春となる。雪は溶け、伯爵邸の庭先には美しい花が咲き乱れていた。朝と夜はまだ冷え込むが、日中は大分暖かい。

アルベルタがヴィクターの仕事を手伝うようになり、少しずつだが二人の関係は変わっていった。仕事を通して、多くの会話が交わされるようになり、次第に日常的な会話も増えてきた。大半は口喧嘩のようなものであったが。

本日も、アルベルタはヴィクター宛ての手紙を憂鬱《ゆううつ》な気分で運んだ。

「旦那様、御三方のご令嬢よりお手紙が届いていますが？」

「燃やせ」

いつも中身を読みもせずにそんなことを言うので、アルベルタはそのたびに不快感をあらわにする。

「どれも、差出人のお心が込もったお手紙です。せめて、目を通すだけでも」

「時間の無駄だ」

「私は、旦那様とのこういったやりとりこそが、毎回時間の無駄に思えますが」

ヴィクターがじろりと睨《にら》むと、アルベルタも負けじと笑みを浮かべる。

「生意気な奴だ。お前なんか速攻首にしてやる！」

「どうぞ、ご自由に」

首にするだのしないだの、これまで何度となく交わされたやりとりである。

だが、アルベルタが解雇の危機にさらされたことはない。現状、彼女はヴィクターの執事として、また助手としてなくてはならない存在だった。仮にいなくなった場合、一番困るのは彼自身なのである。

売り言葉に買い言葉――二人の争いは、そうとしか言いようがない他愛のないものだった。

◇◇◇

ある日の午後。電灯のついていない薄暗い執務室に、執事とその主人はいた。

窓も小さく、昼間でもほとんど光が入らないため、蝋燭《ろうそく》の灯りだけを頼りに紙面に目を落とすアルベルタ。

ガーディガン家の伯爵は代々新しいものを嫌い、現在の若き当主も電灯やガス灯などの利用を極力抑えていた。そんな事情を知らないアルベルタは、視界の悪さに苛々《いらいら》しつつも、主人の指示通りに手紙の代筆を行《おこな》う。

現在の王都は社交期の真《ま》っ只中《ただなか》で、地方の屋敷で過ごしていた貴族たちが一斉に王都へ戻ってきている。ガーディガン伯爵家も、何代か前までは社交期などを除くほとんどの期間を田舎《いなか》の領地で過ごしていたが、現在は土地を管理している親戚に田舎屋敷《カントリーハウス》ごと譲ったので、一年中都《みやこ》で過ごす変わった一族であった。

ヴィクター含め、近代の当主達は、田舎《いなか》で行《おこな》う紳士の嗜《たしな》み――狩猟に興味を持たない者ばかりだったのである。

アルベルタが書いている手紙はいずれも、晩餐会《ばんさんかい》や茶会の招待を辞退するというもので、中には見合い話を断る手紙も含まれていた。

伯爵家は広い領地を貸し出すことによる不労収入がある。よって、生活をこれ以上豊かにする目的で社交する必要はなく、辞退したところで問題はなかった。

ところが、【引き籠《こも》りの伯爵《アール》】にも、避けて通れない招待状が届いたのである。

アルベルタはその手紙を前に、眉をひそめる。これから主人を説得しなければならないことが億劫《おっくう》で、相手に聞こえるよう大袈裟《おおげさ》にため息をついた。

それに、彼女の機嫌が悪い理由はもう一つある。

「旦那様、申し訳ありませんが、お煙草は書斎《ライブラリ》でお吸いになってください。私はその安い煙草の煙が苦手です。息ができなくなります」

ヴィクターが思うように仕事が進まない苛立ちを、煙草で発散しようとしているのはわかっていた。だが、アルベルタの我慢も限界だった。

ヴィクターが口にしている煙草は軍時代から吸っていた物。薄給軍人だった頃、仕方なしに買っていた安物の煙草が今でも止められないらしい。

アルベルタは何度となく止めるように苦言を呈しているが、一向に止める気配はない。

アルベルタが睨《にら》み続けていると、ヴィクターは手にしていた煙草を灰皿に押し潰し、物憂《ものう》げにため息をつく。

【引き籠《こも》りの伯爵《アール》】を落ち込ませているのは、女王直筆の園遊会《ガーデンパーティ》への誘いの手紙だった。

彼はそれにも不参加の意志を示しているのだ。

「旦那様、そろそろお返事を書かないと失礼になります。不参加というのは絶対に許されません」

別に女王に会うのが嫌なわけではないと、ヴィクターは話す。嫌なのはパーティ会場に行って知り合いに囲まれたり、見合い相手を紹介されたりすることなのだとか。

「ご一緒する令嬢にもお手紙を書かなければなりません。候補は大奥様が選んだアーノルド子爵令嬢ソフィア様、メイフォード男爵令嬢イリス様、ミルフィング社の社長令嬢ロッタ様です。届いている写真と身上書を読まれますか？　皆様揃って美人ですよ」

「それは全部処分しろ」

見合い話にだけ敏感に反応するヴィクターに、アルベルタは冷ややかな視線を送った。

「まさか、結婚をなさらないおつもりで？　伯爵家の血を途絶えさせるとでも？」

はっきりしないヴィクターに、アルベルタは辛辣《しんらつ》な言葉をぶつける。

「それに女王様の園遊会《ガーデンパーティ》には同伴者が絶対に必要です。イザドラお嬢様はまだ社交界デビューをしておりませんので、このままだと大奥様と仲良く参加、という形になりますよ」

ヴィクターは母親との参加は嫌だと言う。息子の結婚に前向きなコーデリアを伴えば、速攻で誰かと婚約させられそうなので、その案はないと切って捨てた。

「……そういえば、先月樽で購入した、年代ものワインをひどく気にしていたな」

「ええ。珍しいものでしたので」

来月に行《おこな》われるイザドラの誕生会で振る舞うために、高級ワインを購入しており、アルベルタはしきりにそれを気にしていたのだ。

「もしかして、いただけるのですか？」

「無償《ただ》でやるわけではない」

嫌な予感がして、アルベルタはヴィクターから視線を逸《そ》らす。ゆらゆらと揺れる蝋燭《ろうそく》の炎を見つめながら、申し出がある前に拒否した。

「お断りいたします」

「まだ何も言っていないだろう」

「どうせ園遊会《ガーデンパーティ》の同伴者をしろ、というものでしょう？　無理です。お断りいたします」

伯爵家の女中達の嫉妬《しっと》は猫の威嚇《いかく》程度のものだが、社交界の令嬢達の嫉妬《しっと》となれば、虎《とら》のように恐ろしいだろう。それに太刀《たち》打ちできる力を、今のアルベルタは一つも持ち合わせていなかった。

ちなみにアルベルタが現在認識している虎系《とらけい》婦人は、コーデリア・ガーディガン一人だけである。ただ、彼女は狩りを行《おこな》っていない虎《とら》なので、たいした脅威ではない。

ヴィクターは舌打ちし、別の条件を示す。

「ボトル三本」

アルベルタは見向きもしなかった。紙面に視線を落とし、黙々と手紙を書いている。

ヴィクターはさらなる条件を示した。

「ボトル四本と休暇三日」

それも、彼女の心には響かなかった。「くそ」と口汚い言葉を吐きつつ、最後の条件を出すヴィクター。これが、最大の譲歩案であると前置きする。

「ボトル四本と有給休暇三日」

「有給、休暇……！」

魅惑《みわく》的な言葉が聞こえ、アルベルタは顔を上げる。

部屋の中でゴロゴロとしていようが給料が支払われる素晴らしい制度、有給休暇。そんな言葉を聞いて、アルベルタの瞳が輝く。

「買ったばかりのワインは四本分が限度だ。他の酒ならもう一、二本追加しても構わない」

「わかりました。ですが、強固な令嬢避《よ》けとしては期待しないでください。あくまでも私はおまけで、ひっそり同伴するだけの存在として認識していただければと思います」

「ああ、それで構わない」

こうして伯爵と執事の闇取引《やみとりひき》は成立した。

「あと、ついでに部屋にガス灯を置くか、電気を通してください。仕事をする上で、暗くて困っています」

その要求については速攻で却下される。理由を聞いても、うるさいと一蹴《いっしゅう》されてしまった。

ヴィクターがアルベルタを伴って女王主催の園遊会《ガーデンパーティ》に参加することに対して、コーデリアは良い顔をしなかった。結婚前の息子が異国の女を連れて公《おおやけ》の場に出るとなれば、国を越えた深い仲だと勘違いする者も出てくるだろう、と。

これまでコーデリアが持ってきた見合い話もヴィクターが勝手に断っており、コーデリアはそれをなじった。しかし息子から「両親を見ていたら結婚なんてしたくなくなった」と言われ、返す言葉もなかったらしい。

結局、今回は渋々アルベルタの同伴を許すことになったのだった。

◇◇◇

アルベルタは至福の時を過ごしていた。

前金としていただいたワインは極上のもので、瞬《また》く間に一瓶空《あ》けてしまう。残りは成功報酬となっているので、呑めるのはまだ先だ。

そして、予想外に本格的な身支度も始まった。ドレスに小物、鞄《かばん》に至るまで、さまざまな品が用意されていた。すべては伯爵家の見栄のためである。

そんな品々を用意するよう命じたのは、もちろんコーデリアであった。


園遊会《ガーデンパーティ》当日。

アルベルタは朝から準備に追われていた。とは言っても、忙しいのは支度を手伝っている侍女だ。アルベルタはされるがままで、じっとしているだけである。

用意されていたドレスは紫色で、フリルなども極限まで抑えられた落ち着いた物。

短い髪は付け毛によって長くなり、三つ編みにして後頭部でまとめている。耳元では真珠《しんじゅ》の飾りが輝き、胸には煌《きら》びやかな大粒のダイヤが光っていた。

アルベルタの準備ができたので、コーデリアが様子を見に来た。

身支度を行《おこな》った侍女は「同性でも息を呑むほどの美しい女性になりました」と言う。

立ち上がり、スカートの裾《すそ》を摘んで優雅にお辞儀をするアルベルタ。

「奥様、その、いかがでしょうか?」

「あなた――」

アルベルタの姿を見たコーデリアは、呆気にとられている。

「ちょっと、なんなの、その見事な貫禄《かんろく》は!?」

「貫禄《かんろく》？　いえ、普通にしておりますが」

アルベルタは、未亡人のような無駄な色気を漂わせていたのだ。

「えっと、私はどうすれば？」

「どうすることもできないでしょう。もういいわ、行きなさい」

「はい、行ってまいります」

こうしてコーデリアの見送りを受け、アルベルタは園遊会《ガーデンパーティ》へと出かけたのだった。


アルベルタ・フラン・ド・キャスティーヌ——隣国よりやってきた伯爵令嬢で、ガーディガン邸に滞在。激しい戦火を避けるためにやってきたが、戦況が落ち着けば帰国を予定している。

——以上が本日の園遊会《ガーデンパーティ》でのアルベルタの設定だ。

これならばヴィクターと行動を共にしていても違和感はなく、いずれは国に帰らなければならないので、特別な仲ではないことの証明にもなる。

馬車で郊外を走ること一時間。

都《みやこ》を一望できる小高い丘に、王族が暮らす豪華絢爛《ごうかけんらん》な宮殿が聳《そび》え立つ。外門の周辺では、赤い制服をまとった衛兵が目を鋭く光らせている。

参加者達を乗せた馬車が続々と敷地内へ入り、入場を待つ列が長く続くのが見える。

そして、ガーディガン伯爵家の馬車もその列に並んだ。

窓の外を眺めながらどことなく楽しげなアルベルタに、世界の終わりかのように憂鬱《ゆううつ》そうな顔のヴィクター。

まさに天国と地獄のごとく正反対の二人である。

到着すると、そのまま庭先へと案内される。

今季の王宮庭園は、四十エーカーという広大な敷地に作られているのだと、案内人より説明があった。庭園内は暖かな季節に相応《ふさわ》しい、色とりどりの花が咲き乱れている。

二人は受付けを済ませ、まずは主催者である女王夫妻に挨拶《あいさつ》に行く。

長蛇の列に並んでいると、アルベルタは参加者達の共通点に気が付いた。周囲に聞かれないようヴィクターに接近し、そっと耳打ちする。

「あの」

「どうした？」

「なんだか、お客様の年齢層が高めですね」

そう言われて、ヴィクターも参加者達を眺めた。アルベルタの言う通り、参加者の年齢層は、四十代から六十代が多いようだ。

女王の手紙には、ごく親しい人のみを招待した家庭的なパーティなので、お気軽にお越しくださいと書かれていた。周りの年齢層から、それは本当のことだったようだ。

そんな中でヴィクターが招待されたのは、きっと勲章の授与式に参加しなかったせいだろうな、とヴィクターは後悔していた。

女王はサクサクと招待客の挨拶《あいさつ》を捌《さば》いているようで、案外早く二人の順番が回ってくる。

浩々《こうこう》たる大陸を統《す》べる君主、アレクサンドリア・ヴィクトリカ女王陛下。

そしてその隣にいるのは隣国よりやってきた女王の夫、アルバート・オブ・サーフ＝コルト・アンド・ゴルダ王配殿下。

御年六十七歳になる女王と王配殿下は、今でも仲の良い夫婦のようで、寄り添って挨《あい》拶《さつ》を受けていた。

女王はヴィクターが戦場で活躍したことを喜び、また、国のためによく戦ったと褒め称えた。そしてアルベルタのほうをチラッと見る。

「そろそろ、そちらのお嬢さんを紹介していただけるかしら？」

「はい。彼女は隣国からの客人で、現在我が伯爵家に滞在しております」

「アルベルタ・フラン・ド・キャスティーヌ、と申します」

アルベルタは貴族令嬢のお辞儀をする。普段の、どこかなげやりで怖いもの知らずな態度を感じさせない、優雅な仕草であった。

「おや、もしやお嬢さんは私と同郷で、キャスティーヌ伯爵家に縁のある者かな？」

女王陛下の傍《そば》で静かに見守っていたアルバート王配殿下が、アルベルタに反応を示す。

「はい。今は伯父であるフローリアンが当主をしております」

「なんという偶然か！　あなたの祖父であるルードイッヒとは親交があったのだよ」

「まあ！」

それから隣国の言葉での会話となる。同郷である料理長に異国語で話しかけられた時に対応できるよう、勉強し直していたアルベルタは、なんとか上手く喋《しゃべ》ることができた。

話題も母親から聞いていた話を必死に膨らませて、その場を盛り上げることに成功する。

「ああ、沢山喋《しゃべ》ってしまったわね。ねえ見てあなた、列がまた長くなってしまったわ」

「おや、本当だ。祖国の話が懐かしくて、つい時間を忘れてしまったよ」

国王夫妻は笑顔でヴィクターとアルベルタに手を振った。

額に汗を浮かべた隣国の伯爵令嬢は、無事に挨拶《あいさつ》が終わってホッとしながら、夫妻に深く頭《こうべ》を垂れたのだった。

園遊会《ガーデンパーティ》の会場は庭全体であるため、皆自由に歩き回っている。

会話をしながら親交を深めるよりも、皆その美しい景色を楽しむことを優先させていた。未婚の若い娘もいないので、アルベルタは嫉妬《しっと》の視線に晒《さら》されることもなく、穏やかな時間が過ぎていく。

「よかったですね。なんだかゆっくりできそうで」

「いや、まだ安心はできない」

参加している四十代から六十代の夫婦は、若い娘や孫を持つ者も多い。見合いの話を持ちかけられたら最悪だと、ヴィクターは後ろ向きだ。

「なんだか、損な人生の過ごし方ですね。この素晴らしい春の景色を楽しめないなんて」

「楽天家が必ず幸せな人生を歩んでいる、という話も聞いたことがないがな」

ああ言えば、こう言う。不毛な会話を繰り広げながらも、二人は庭園の散策を続ける。

草花に囲まれた道を歩いていると、途中で老夫婦に声をかけられた。

「まあ、もしかして、ガーディガン伯爵ではありませんか？」

「驚いたな、君は若い頃のお祖母様《ばあさま》にそっくりだよ」

ヴィクターの亡き祖母、マルヴィナ・ガーディガンを知るマクレガー夫妻は、一目でヴィクターがマルヴィナの孫だということに気が付いた。なんでも、生前は親しい付き合いをしていたらしい。

夫人の目元にはうっすらと涙が浮かんでいた。

「お祖母様《ばあさま》の療養先を教えていただくようにお願いしていましたが、それも叶わなくて……残念でしたわ」

「父が、大変な失礼を」

「いえいえ。お気になさらずに」

マクレガー夫妻は普段、静かな田舎《いなか》の領地で暮らしているらしく、久々の都《みやこ》は空気が悪くなっていると苦笑していた。

「それで、そちらのレディは？　もしかして、婚約者ですの？」

「いえ、我が家に滞在している、隣国から来たお方です」

「アルベルタと申します」

「あらあら。お隣の国の方は雪のような白い肌をしていると聞いていたけれど、本当なのね。とても羨《うらや》ましいわ」

雪深い地域とされる隣国は、雪の妖精の血が混じっているのでは？　というほど白い肌を持って生まれる者が多い。

隣国出身の母を持つアルベルタも、もちろん白い肌だった。

「ですが、肌が白いと気分が悪そうだとか、眠そうだとか言われてなんとも言えない気分になることがありますの」

「そう。肌が白くても、悩みは尽きないのね」

それからしばらく会話をして、マクレガー夫妻と別れる。

その後も三組の招待客とすれ違い、なんてことのない会話を重ねた。

独身であるヴィクターがいれば、自然と見合いに話が向かう。けれど、そのたびにアルベルタが上手く話題を逸《そ》らした。

「あのお花、珍しいですわ。名前をご存知でしょうか？」

とある夫妻に年頃の娘がいるのでお茶会に来ないかと誘われると、アルベルタは今日のような屋外のお茶会も素敵だという話へ持っていき、近くにあった珍しい花を目敏《めざと》く見つけ、話題を変えた。

「あの花は不思議な咲き方をしていますね」

「あれは『釣鐘草《カンパニュラ》』と言って、あんな風に上を向いて花を咲かせるのよ」

「……へえ、釣鐘草《カンパニュラ》。綺麗な花です」

「ええ。確か花言葉は、感謝の心、誠実さ、熱心にやり遂《と》げる、だったかしらね」

アルベルタは釣鐘草《カンパニュラ》の傍《そば》に寄り、その花を切なげに眺めた。

その花は、かつてマルヴィナから託されたハンカチに縫《ぬ》いこまれていたものだった。


やがてアルベルタは、後遺症のあるヴィクターの足のことを考えて、噴水前の長椅子で休憩を取ることにした。

給仕係《きゅうじ》が飲み物を渡してくれる。グラスの中のワインは独特の甘みがあり、まろやかな味わいだ。ヴィクターは一口だけ呑み、「甘い」と言って顔をしかめている。

「ポートワインは甘くて当たり前です。チョコレートを一緒に食べると、渋みや酸味を味わうことができますよ」

甘い物が苦手なヴィクターは、さらに渋面《じゅうめん》になった。

「酒はどこで覚えた？　隣国の者は皆このように大酒呑みなのか？」

「ひどいですね、大酒呑みだなんて。お酒はとある高貴な方に教えていただきました」

誰に習ったのかと聞きたそうなのはわかっていたが、アルベルタはそれを無視する。

空《から》になったグラスをヴィクターに押し付け、代わりに半分以上残っているヴィクターのグラスを奪い取って一気に呑み干した。

「……酒呑みの作法までは習わなかったようだな」

「残念ながら」

アルベルタに極上の酒の味を教えたのは、もちろんヴィクターの祖母、マルヴィナだ。大人になってからの話であったが、休日前に部屋に呼んで、晩酌《ばんしゃく》の相手をさせていたのだ。だが、その思い出を教える気などなかったので、記憶にそっと蓋《ふた》をする。

「物足りないなら追加で頼めばいいだろう。どうして人のものを奪う？」

「もう呑まないと思ったので」

「しようもない奴だ」

「申し訳ありませんね」

しかし、ヴィクターは眉間《みけん》に皺《しわ》を寄せたままだ。

「何かを食べたり飲んだりしたあと、唇を舌で舐《な》めるのは止めろ。品がない」

「まだ、何か？」

「それは失礼。無意識でした」

「お前はこの前も――」

「以前も舐《な》めていましたか？　申し訳ありません、気が付かなくて」

それからしばらくの沈黙。

突然舌打ちをしたヴィクターは、上着の内ポケットからタバコとマッチ箱を取り出すが、その手をアルベルタにぎゅっと握りしめられてしまう。

アルベルタはそのままヴィクターの手を裏返し、指先を一本一本開いて、中にあった煙草とマッチ箱を取り上げた。

「おい、何をする？」

返事もしないまま、アルベルタはそれをポイッと地面に放った。

「な⁉」

それから手を上げて、歩いていた給仕係《きゅうじ》を呼び寄せる。

「レディ、何か御用でしょうか？」

「そこに、ゴミが落ちていますの」

ぱらりと扇《おうぎ》を開いて口元を隠しつつ、自分が投げた煙草とマッチ箱を指差した。

「……ああ、申し訳ありません」

給仕係《きゅうじ》はそれを拾って会釈《えしゃく》し、酒の追加注文はあるかと問いかける。

「いいえ、お酒はもう結構ですわ」

「承知いたしました」

隣から恨みがましい視線を感じるが、アルベルタはどこ吹く風だ。

「――荒れた心を静めるためには、煙草を吸うよりここの綺麗な空気を吸ってください。

そのほうがずっと健康的で、穏やかな気持ちになれますよ」

ヴィクターは、美しく笑うアルベルタの横顔を見て息を呑む。そして、素直に従った。

このようにして、園遊会《ガーデンパーティ》の時間は穏やかに過ぎていった。

◇◇◇

華やかな園遊会《ガーデンパーティ》が夢だったかのように、翌日からは現実へと引き戻された。

午後からの勤務となっていたアルベルタは、手袋を身に着けながら、仕事場の階下へと下りていく。

足早に廊下を進んでいると、手押し車を押す女中頭《じょちゅうがしら》と鉢合わせる。

「ミス・キャスティーヌ、ちょうどいいところにいました。休憩室にいる女中に、ここにある紅茶をイザドラお嬢様にお運びするよう指示を」

「……了解」

本日も忙しい女中頭《じょちゅうがしら》は、部下でもないアルベルタへ尊大に命令して去っていった。

依然として、ガーディガン伯爵家の人手不足は深刻だった。中流階級者の子女が花嫁修業としてやってくるものの、類稀《たぐいまれ》なる美貌を持つ伯爵は部屋に引き籠《こも》って姿を現さないし、仕事量も多いのでやってられないと、一週間もせずに辞める者も珍しくはなかった。

そして、残った女中達は、アルベルタに対して急激に態度を硬くさせた。なぜかと言えば、アルベルタが先日の園遊会《ガーデンパーティ》にヴィクターの同伴者として参加したためである。良家のお嬢様であるという条件は皆同じ。なのに、どうしてアルベルタばかり傍《そば》に置くのかと、皆深く嫉妬《しっと》しているようだ。

女中達とは直接的に仕事するわけではなかったが、アルベルタはできれば争いの火種となるようなことは避けたかった。

盆に載った茶器とお菓子を見つめながら、休憩室へ行ってもまた無視されるだろうと思い、そのまま自分で運ぶことにした。

イザドラの私室へ向かい、扉を叩いたが反応はない。もしや不在なのではと思い、勝手に扉を開けた。

しかし、イザベラは部屋にいた。どうやら、ぼんやりして気付かなかったようである。

「イザドラお嬢様、お茶をお持ちいたしました」

「きゃっ！　なな、な、なんで突然入ってくるのよ‼　ノックくらいしなさい‼」

「いえ、何度か叩いたのですが」

必死で動揺を隠そうとする姿に、アルベルタはくすりと笑ってしまい、さらに怒らせる結果となった。

「あなたってば、本当に失礼な人！」

「失礼いたしました。イザドラお嬢様が、あまりにも可愛らしくて」

「人が驚いているのを可愛いだなんて、なんて意地の悪い人なの？」

「申し訳ありませんでした」

欠片《かけら》も悪《わる》びれた様子のないアルベルタは、紅茶を注《つ》いで差し出した。

イザドラはそれを一口啜《すす》り、「不味《まず》いわ！」と批判する。

女中頭《じょちゅうがしら》の淹《い》れたものであったが、アルベルタは頭を下げて謝罪した。その神妙な態度に、イザドラの機嫌は元に戻ったようだった。

それから、茶の時間がゆっくりと過ぎていく。

アルベルタは、カップを手にしたイザドラが、机の上にある二枚の紙をじっと見ていることに気づいた。

紙には、【大文化展覧会・水晶宮殿《クリスタルパレス》入場券】と記されている。

伯爵家に出入りしている商人からもらったものらしく、イザドラは興味のない素振りをしていたが、アルベルタはすぐさま反応した。

「これは、水晶宮殿《クリスタルパレス》の入場券ですか？」

「え、ええ、そうね」

水晶宮殿《クリスタルパレス》──全面鉄骨とガラス張りで作られており、国内の技術を最大限に披露するために作られた建築物である。まるで童話に出てくるような美しい外観だと、大々的に宣伝されていた。

内部にはさまざまな展示物に加え、飲食店や、流行の最先端の品物を扱う商店なども並ぶ、夢のような施設らしい。

「こ、こんなの、人が多いし、どうせ安っぽい造りなのでしょう？」

「そうでしょうか？　間近で見ないとわかりませんよね」

アルベルタには、イザドラが水晶宮殿《クリスタルパレス》に行きたくてしかたがないように見えた。しかし、それを素直に言い出せないのだろうと思う。

「一度、見に行かれては？」

そう提案すると、イザドラは一瞬嬉しそうな顔をしたが、すぐに顔を伏せた。おそらく誘う人がいないのだろう。

「……それは、前に商人が勝手に置いていったの。まったく、困るわ。水晶宮殿《クリスタルパレス》ですって？　そんなの、全然、ぜーんぜん興味なんてないのに」

「左様でございましたか。しかしながらお嬢様、全面ガラス張りの建物ですよ？　おとぎ話に出てくるような、素晴らしい物に違いありません」

イザドラは惹かれる気持ちを誤魔化《ごまか》すかのように、テーブル上のバノフィーパイを一口大に分け、フォークを突き刺した。

バノフィーパイとは、甘い物好きにはたまらないお菓子だ。タルト台の上にキャラメル風味の砕いたビスケットが敷き詰められ、その上には輪切りにしたバナナ、生クリームが山のように盛られている。

太ることを気にするイザドラだが、これは大好物のようで、一口頬張れば今までの不《ふ》機嫌《きげん》が嘘《うそ》のように口元が緩んだ。

一方で、以前より水晶宮殿《クリスタルパレス》に興味があったアルベルタは、うっとりと入場券を眺めた。

その様子に気付いたイザドラは、若干なげやりな態度で言った。

「それ、あなたにあげるわ」

「え、いいのですか？」

「いいわ。好きになさい」

イザドラが眉間に皺《しわ》を寄せたまま、入場券をアルベルタに押し付ける。

「ありがとうございます、お嬢様！　まさか、一緒に行ってくださるなんて光栄です！」

「は？」

「ああ、楽しみです。それで、いつ行くのですか？」

アルベルタはイザドラの同行者に選ばれたと勘違いするふりをして、盛大に喜んだ。

あっという間に予定が決まると、イザドラは呆れながらも、どこか嬉しそうな顔をしていた。

水晶宮殿《クリスタルパレス》に行けることになり、珍しくふわふわと楽しそうなアルベルタ。

実は大文化展覧会の開催が始まった日に、さっそくラザレスを誘ったが、案の定人混みの中に行きたくないと断られてしまったのだ。次に無謀にも女中頭《じょちゅうがしら》を誘ったが、この忙しい時に行くわけがないと言われた。そんな矢先だったので、イザドラと一緒に行くことになって、アルベルタも嬉しかったのだ。約束の日はアルベルタの休日に合わせて明後日となった。

今日は仕事が終わったあと、貸衣装屋に行き、イザドラと並んで歩いてもおかしくない服を借りてこなければ、とうきうきしていた。

明らかにいつもより機嫌が良い執事に、ヴィクターは訝《いぶか》しげな視線を送っている。そして、そのご機嫌な様子は翌日も続いたため、ヴィクターが見かねたように聞いてきた。

「何をそのように浮かれている？」

「え？」

「昨日から、様子がおかしい」

指摘されて、アルベルタは頬を染める。らしくない執事の様子に、ヴィクターは眉をひそめた。

「旦那様にお聞かせするような話ではありませんので。個人的なことです」

「……その個人的な理由で、仕事中に落ち着きをなくされては困るのだが？」

「申し訳ありません」

素直に頭を下げたアルベルタは、浮かれている理由を話した。

「明日、水晶宮殿《クリスタルパレス》に行く約束がありまして」

「――は？」

「建物の完成図を見たときから、ずっと行きたくて、念願が叶うと思ったら、つい」

アルベルタは照れ笑いを浮かべる。

「一体、誰と――」

「はい？」

「いや、なんでもない」

ヴィクターの言いかけた言葉など気にも留めず、アルベルタは続ける。

「人が見てわかるほどそわそわしていたなんて、不覚でした。気を付けます」

それ以降、いつもと変わらぬ態度に戻るが、逆にヴィクターは落ち着かない様子であった。


ついに水晶宮殿《クリスタルパレス》へ行く日がやってきた。

アルベルタは貸衣装屋から借りた外出用のドレスを身にまとう。

詰襟《つめえり》のブラウスに、レースのリボンを首に結び、腰回りがきゅっと絞られたスカートを合わせている。今は腰回りをふんわりと見せるバッスルが流行《はや》りで、店員にも勧められたが、人混みでは歩きにくいだろうと思って断った。髪の毛は短いままで、頬にかかっていた毛を三つ編みにし、後《おく》れ毛と共にピンでしっかりと留める。白い花とリボンのあしらわれた帽子を被り、財布しか入らないような小さな鞄《かばん》と傘を持つ。この二つは借り物ではなく、思い切って購入した物だ。

部屋に備え付けてある全身鏡で問題ないことを確認すると、帽子を脱いだ。

なんとか準備ができ、アルベルタは息を吐く。

出発の時間よりも随分《ずいぶん》と早く支度を終えたので、たまにはきちんと朝食を取ろうと使用人専用の食堂へ向かう。休日の朝食は、部屋を出るのが面倒でついつい手持ちのチーズやビスケットなどで済ませてしまうのだ。

朝食を終えて部屋に戻ろうとすると、必死の形相のラザレスとすれ違った。

「ラザレス、おはよう。なんだか忙しそうだね」

「な、何だ、お前か。誰かと思った」

アルベルタがドレスを着ていたので、一瞬誰かわからなかったようだ。

「新聞紙を忘れて旦那様に大目玉《おおめだま》をくらったよ。まだアイロンすらかけてねえ」

「あら、手伝おうか？」

「いいのか？」

「アイロンをかけて、旦那様に持っていくよ」

「すまない、助かる！」

ラザレスはそう言うと、走り去っていった。

朝食の準備を終えた食堂は閑散《かんさん》としていた。料理長は休憩中なのか不在で、台所女中《キッチンメイド》が皿洗いに励み、昼食に出す肉料理のソースの復習をしているだけであった。

アルベルタは食堂でアイロンを準備し、温まるまで皿を拭いて時間を潰した。そして新聞にアイロンをかけ終わると、書斎《ライブラリ》にいるヴィクターのもとへ向かう。

ヴィクターは突然部屋に入ってきたアルベルタを確認し、慌てて吸っていた煙草を灰皿へ押し付けた。書斎《ライブラリ》で吸う分には文句を言わないのに、と呆れながら、アルベルタは多少熱が残っている新聞紙を差し出した。

「……今から出かけるのか？」

「ええ」

本日のヴィクターは注意力散漫、といった様子だった。

「今日は、一体誰と——」

その時、タイミング悪く扉が叩かれ、ヴィクターの言葉は遮《さえぎ》られてしまった。

「ミス・キャスティーヌはいますか？」

「こちらに」

女中頭《じょちゅうがしら》に呼ばれ、アルベルタはあっさりと部屋をあとにした。

一方、部屋に残されたヴィクターは、ふつふつと湧き上がるイライラを抑え切れなかった。それを発散させるために、再び煙草に火を付ける。吸い込んだ香りは慣れ親しんだものだったのに、なぜか苦く感じて、ひどく咳《せ》き込んでしまった。

大文化展覧会の会場へは馬車で向かったが、想定以上の人混みで、二人は身動きが取れなくなった。馬車が動き出すのを待っていたら夕刻になってしまうと思ったアルベルタは、入場口まで歩くことをイザドラに提案した。

「もう、なんなの、これは!!」

人と人の間を縫《ぬ》うように歩く二人。イザドラは、アルベルタの腕を必死に掴みつつ、弱みを見せまいと悪態をついている。

そのちぐはぐな言動を、アルベルタは微笑ましく思う。

やっとのことで入場口に辿《たど》り着くと、これまでの混雑が嘘《うそ》のようにすんなりと中に入ることができた。

「あら、どうしてかしら?」

「きっと入場料が高いからですよ」

「まあ、そうなの?」

驚くべきことに、外にいる人々はそのほとんどが水晶宮殿《クリスタルパレス》の外観を一目見ようと集まった観衆であった。

大文化展覧会は、一ポンド三シリング二ペンスの入場料を支払わなければ入れない。労働者階級の一ヶ月の食費は一ポンド以下であるため、誰もが入れるような金額ではなかった。

「そういえば、あなたって給料はいくらくらいなの？」

「四ポンド四シリングくらいですね」

「え、たったそれだけなの⁉」

「新人執事はこんなものですよ。むしろ、いただきすぎなくらいです」

「……そう」

あんなにあくせく働いているのに給料は思いのほか少ないのだと、イザドラは驚いているようだった。

入ってすぐの広場に、大木が立っていた。室内に木があるという不思議な光景に、入場者達はすっかり心を奪われている。

「室内でも、天井がガラスだから太陽の光を受けることができるのね」

「ええ、とても綺麗、ですね」

アルベルタの言葉に頷くイザドラ。美しい物の前では、意地っ張りな彼女も素直だった。

それから動物・植物・鉱物の研究についての展示物を見学し、そのあとは国内作家の絵や彫像などの芸術品が集められた部屋を眺めて回った。通路は薔薇《ばら》が咲き乱れる迷路状で、展覧会の目玉の一つだった。配布された地図を片手に、なんとか脱出を図る。

「まったく、誰がこんなものを考えるのかしら！　薔薇《ばら》の香りが洋服に染み付きそうだわ」

文句を言いながらも、イザドラの顔は不機嫌《ふきげん》ではない。アルベルタも心から楽しんでいた。

途中、会場にある水晶喫茶と呼ばれる店で休憩を取ることにする。ガラス製の机に運ばれた紅茶とお菓子を堪能すると、二人は興奮から醒《さ》め、ホッとした気分になった。

そして、イザドラは恐るおそるアルベルタに話しかけた。

「あ、あの、アルベルタ？」

「なんでしょう？」

「私、あなたに、言いたいことがあって」

イザドラはハンカチをきつく握っていた。まるで、自《みずか》らを奮《ふる》い立たせるかのように。

「――ごめんなさい。私、あなたにひどいことを言ったり、嘘《うそ》の噂を女中達に流したりしたわ」

「……左様でございましたか」

女中達の態度が冷たくなった原因の一端はイザドラにあることはわかっていたが、アルベルタは知らぬ振りをしていた。

　涙を浮かべたイザドラは、頭を下げて謝罪の言葉を重ねる。そんな少女を落ち着かせるように、机の上にあった彼女の手を握りしめた。

「どうか、お気になさらずに。私は、大丈夫ですので」

「で、でも」

「イザドラお嬢様が、本当はお優しい方であると、私は存じております」

「っ!!」

　それからは溢《あふ》れてくる涙で言葉にならなかった。彼女の懺悔《ざんげ》を、アルベルタは静かに受け入れた。

　その後、なんとかイザドラを落ち着かせたアルベルタは、楽しみにしていた商業区への買い物に誘った。中でもイザドラが夢中になったのは、世界中の靴が取り揃えられた店であった。何回も試し履きをして、最終的には爪先が丸みを帯びている意匠《デザイン》の編み上げ靴《バルモラル・ブーツ》を購入する。

「アルベルタ。あなたも、何か買いなさいな」

　雑貨屋で綺麗な細工の成された品を眺めていたアルベルタに、イザドラが言う。

「支払いはお兄様がなさるから、心配しなくても結構よ」

アルベルタは遠慮したが、イザドラの気持ちが嬉しく、結局はその言葉に甘えることにした。

「では、こちらを」

「え、それって――」

「ずっと、欲しかったのです」

アルベルタが恥ずかしそうに手にしているのは、【執事の友《バトラーズ・フレンド》】とも呼ばれる栓抜きである。すると店員が、「それは執事が屋敷のワインをこっそり盗み呑みするために使っていたことから、そう呼ばれるようになったのですよ」と言ったので、アルベルタは愉快そうに笑い声を上げた。

そんな執事にイザドラは呆れながらも、つい笑ってしまう。

ずっと伝えたかった謝罪を果たしたイザドラは、いつになく晴れやかな顔つきであった。

第四章　変わる、伯爵家

水晶宮殿《クリスタルパレス》に出かけた翌日。女中達は休憩室に座っているアルベルタをこっそりと指差していた。

「ねえ、見て」

「まあ！」

そこには、栓抜きを眺めながら穏やかな笑みを浮かべる執事の姿があった。

「栓抜きの何が面白いのかしら？」

「もしかして、夜の晩酌《ばんしゃく》が楽しみとか？」

「ねえ、よく見たらあれ、【執事の友《バトラーズ・フレンド》】っていう、主人のワインを盗み呑みするための栓抜きよ」

女中の一人が説明している。

【執事の友《バトラーズ・フレンド》】とは鋭く平べったい針の付いた、挟み型のコルク抜きのことである。コルクを傷つけずに引き抜くことができ、元に戻すことも可能だ。ゆえに、本来は酒の管理者であるべき執事が、盗み呑みしやすいということでそう呼ばれるようになった。

そんな栓抜きをニヤニヤと見つめているものだから、アルベルタにはさらなる汚名——変わり者の異国人、主人の愛人に続き、大酒呑みの執事という名が加わってしまった。

「そういえばこの前、雑役夫《ざつえきふ》が執事からワインの瓶を沢山もらったって喜んでいたけれど、高級な銘柄のラベルがついた物ばかりだったと言っていたわ」

「それって自分で買った物なのかしら？」

「さあ？」

給料のほとんどを酒に使っているのではと推測し、呆れる女中達。

「でも、ワインの空瓶なんかもらってどうするのかしら？」

「酒屋に売るって言っていたわ。良い品だと二シリングくらいで売れるらしいの」

「へえ、貧乏人は大変ね」

「そういえば、ねえ、聞いた？　ハインリヒ家のご令嬢のお話‼」

女達の話題はコロコロと変わる。

アルベルタは自分が話題になっているとは知らず、休憩時間は平和に過ぎていったのだった。

ヴィクターは、またしてもご機嫌な執事に訝《いぶか》しげな視線を向けている。

アルベルタは朝から意味もなく笑顔で配膳し、各部屋の掃除も鼻歌交じりに行《おこな》い、ヴィクターから押し付けられた仕事にも快《こころよ》く応じている。いつもはやたらと貯蔵庫の酒を増やさないかと提案してくるくせに、それもない。

何が彼女の心を明るくしているのか、ヴィクターにわかるわけもなく、ただモヤモヤするばかりであった。

それが伝わったのか、アルベルタはふと顔を上げて、主人の顔を見た。

「また、顔に何か出ていましたか？」

ヴィクターは眉間に皺《しわ》を寄せ、不機嫌顔《ふきげんがお》で頷く。

「それはそれは、申し訳ありませんでした」

返事の代わりにフンと鼻を鳴らすヴィクター。

ちょうど仕事が一段落ついたので、紅茶でも淹《い》れようかと聞いたが、ヴィクターは首を横に振った。仕方がないので、棚にあった温《ぬる》い果実汁を手に取って、カップに注《つ》ごうとした。その時、瓶の栓を見て、アルベルタはハッとする。

「ああ、旦那様！」

アルベルタは瓶を置き、急にヴィクターの前に片膝をついた。

「昨日、こちらを買っていただいたのですが」

アルベルタがポケットから布に包まれた栓抜きを嬉しそうに取り出すと、ヴィクターは眉間の皺《しわ》をさらに深めた。

「なぜ、お前が男から買ってもらった物を、この私が見なければならぬのだ」

「はい？　今、なんと？」

「なんでもない！」

ヴィクターの様子を気にも留めず、アルベルタは続ける。

「昨日、イザドラお嬢様から買ってもいいと許可をいただいて」

「は？」

「請求は旦那様へいくので、お礼をと」

アルベルタの意外な言葉に、ヴィクターはきょとんとしている。

「ですから、昨日、水晶宮殿《クリスタルパレス》で、イザドラお嬢様に買っていただいたのです」

アルベルタは、昨日イザドラと水晶宮殿《クリスタルパレス》へ行った話をした。

「というわけで、買っていただいたのがこちらなのですが、とても、素敵ですよね！」

ちょっと珍しい栓抜きを見せながら満面の笑みでお礼を言ったアルベルタは、立ち上がると慣れた手つきで果実汁の栓を抜いて、カップに注《つ》ぐ。

「イザドラと……そうだったのか」

「はい」

ヴィクターは執事から手渡された果実汁を口にした。

「しかし、なんだって観光地に行って栓抜きなんか買ってくる？」

「欲しかったんです。これ、古くなったコルクも開けやすいって聞いていたので」

「変な奴」

「それは、否定できませんね」

果実汁は甘ったるいものであったが、それを飲んだヴィクターの機嫌はすっかり良くなっていた。

◇◇◇

ある日、アルベルタが休憩中、珍しく憂《うれ》い顔でいると、そこへやってきたラザレスが顔を覗《のぞ》き込んできた。アルベルタの手には一通の手紙がある。

「なんだ、恋文でももらったのか？」

「だったらよかったのだけどね」

手紙の送り主は先日の園遊会《ガーデンパーティ》で会話を交わした子爵夫人からの、茶会の招待状だったのだ。

「お前さ、一体どんな対応をして気に入られたんだよ」

「いや、普通に会話を楽しんでいただけなんだけど」

ちなみに、招待を受けたのはアルベルタ一人で、ヴィクターの名前は書かれていない。

「行ってくればいいじゃないか」

「いや、私は、なんというか似非《えせ》お嬢様だから。こんな場所に行って化《ば》けの皮でも剥《は》がれたらと思うと、恐ろしくてね」

そんな風に語るアルベルタに対し、ラザレスは意外だと呟《つぶや》く。

「お前はそういうのは気にしないで、抜け目なくこなす奴かと思っていた」

「まあ、この家の中ですることに関しては、ある程度は適当に済ますけれど、今回は伯爵家に滞在する異国人としての招待だから。仮に失言でもしたら、ここの家名に傷をつけることになるでしょう?」

「ああ、そういう意味か」

「とりあえず、大奥様に相談をしてくるよ」

「それがいい」

まだ社交期が続いていたので、貴族達の集まる都《みやこ》では毎日のように茶会が開かれている。ガーディガン家にも招待状が頻繁に届くので、イザドラもコーデリアも忙しそうにしていた。

アルベルタがコーデリアに相談に行くと、あっさりと「行けばいいじゃない」と言われてしまった。

「あの、私は今まで油に塗《まみ》れながら暮らしてきたので、お上品な会話ができるかどうか」

「それなら聞き役に徹すればいいのよ。あとはお菓子でも口の中に詰めておきなさい」

結局、アルベルタは子爵夫人の茶会へ参加することになった。ドレスを借りに行かなければ、と思ったが、コーデリアは今回も衣装を用意してくれると言う。

「いいえ、悪いです、そんなの」

「貸し衣装屋の服を着て出かけるなんて許さないわ。それこそ我が家の家名を傷つける行為よ。お昼から衣装屋が来るから、新しい物を一緒に作りましょう」

こうしてアルベルタは二着目のドレスを作ることとなった。今回は未亡人風にならないよう、コーデリアの全面監修である。

衣装屋はアルベルタに似合う色を次々と提案してくるが、コーデリアはすべて却下する。

「──濃い色は絶対に駄目。見なさい、早くに夫を亡くしたご婦人のようじゃない!!」

アルベルタ、あなたも無駄な憂《うれ》い顔はしないこと」

「大奥様、残念ながら私は元からこういう顔です」

コーデリアに無言でジロリと睨《にら》まれて、憂《うれ》い顔の未亡人は押し黙る。

「その色も駄目。もっと薄い色に、え、何？　似合わないですって⁉」

コーデリアは自分のドレスよりも熱心に口出ししたのだった。

その夜。アルベルタが休憩室へ行くと、またもやラザレスがいた。なにやらぐったりした様子である。

「お疲れだね」

「ああ。二日連続の旦那様担当は疲れる」

「申し訳ないね」

「いや、まあ、お前は毎日だもんな。これくらい……」

衣装の準備をしていたアルベルタに代わり、夕方からヴィクター担当を押し付けられたラザレスは、ひどい目に遭《あ》ったと不満を零《こぼ》す。

「もう、ピリッピリしているんだよ。無言なのに責められているみたいで、やりにくいったら」

「お昼から夕方の時間帯は、地方から書類が届いたりして仕事が増えてしまうからね」

「それにあんな薄暗い部屋にずっといるなんて、こっちの気が滅入る」

なんとか頑張ろうと励まし合う、アルベルタとラザレスであった。

◇◇◇

本日も、薄暗い執務室でヴィクターとアルベルタは仕事をしている。

世は一年の中で最も華やぐ社交期だというのに、ガーディガン伯爵の予定は空欄のまだった。女王の園遊会《ガーデンパーティ》に参加したという噂が広まり、招待状も倍に増え、見合い話もぞくぞくと届いている。だが、ヴィクター本人は相変わらずで、一切興味を持たなかった。

そして、女王の園遊会《ガーデンパーティ》に続き、今季に入って二度目の避けられない夜会が近づいてきた。

「旦那様、もうすぐイザドラお嬢様の誕生パーティですが、贈り物はいかがいたしましょう?」

ヴィクターはアルベルタに問われて初めて、イザドラの誕生日が近いことを知った。

確かにイザドラは妹に違いないが、ヴィクターにとっては名義のみの関係という認識のようだ。

妹の誕生日などどうでもいいとばかりに、ヴィクターは適当に選んでおくように命じた。

アルベルタは「かしこまりました」と返事をしたものの、不満そうな視線を向ける。

「なんだ、何が言いたい?」

「言ってよろしいのでしょうか」

「別に、好きにすればいい」

「イザドラお嬢様への贈り物ですが、誰かに頼むよりも、旦那様ご自身が選んだほうがお喜びになりますよ」

「若い娘の欲しがる物がわからないから仕方がないだろう」

本当はただ面倒なだけだったが、アルベルタの手前、そうも言えないようだ。

「こういうのは気持ちの問題です」

アルベルタの発言に、ヴィクターは深いため息をつく。

「商人を呼びましょうか？」

「訪問販売の商人の品なんて、目新しいものはないだろう」

「ならば、ハロッドに行かれてはいかがですか？」

「ハロッド？」

「百貨店です」

ハロッドとは商店街にある店で、大文化展覧会に合わせて開店した国内最大規模の商業施設だ。

「なんでも五階建てで、敷地は六エーカーもあるみたいですよ」

「開店したばかりなら、人で溢《あふ》れているだろうが」

なんとしてでも逃れようとするヴィクターに、アルベルタはニヤリと笑いかける。

「旦那様、ちょうど本日、ハロッドより優待券が届いております」

「なんだ、それは？」

「店がお休みの日に、特別にお買い物ができる招待状です。限られた人しか呼ばれないので、ゆっくりと店内を見られますよ」

ヴィクターはそれを聞いて、最初からハロッドに行かせるつもりだったのだろうと推測した。

用意周到なアルベルタに負けを認め、ヴィクターは承諾した。

「いつ、行けるようになっている？」

「明後日からの三日間ですね。旦那様の予定ですと、都合がいいのは二日目、でしょうか？」

「ああ、その日でいい」

アルベルタはすらすらと手帳に予定を書く。

「どなたかと一緒に行かれますか？」

「別に、お前がいるからいいだろう」

当たり前のようにそう言ったヴィクターに、アルベルタはしれっと返答する。

「私は行きませんよ。従者《ヴァレット》ではありませんからね」

「普通、言い出した者が責任を持って同行するものだろう」

「無理なものは無理です」

アルベルタは頑としてヴィクターの言葉に従わないつもりだ。

「一人で行けというのか？」

「いい大人なのですから、お店くらいお一人でどうぞ。供をつけないで一人歩きをしている紳士の方を、よく街で見かけますよ。うるさい者がいないほうが楽しめるそうです」

「最初に言っただろう。私は若い娘の欲しい品がわからないと」

「それは私もわかりません。なんせ、栓抜きを欲しがる女ですから」

アルベルタはヴィクターを黙らせることができたので、笑みを浮かべつつ手帳を閉じる。

しかし部屋を去ろうとしたところで、呼び止められた。まだアルベルタの同行を諦めていない様子だ。どうしてそこまで同行させたいのか。不思議に思ったが、面倒なのである取引を持ち出した。

「――まあ、そうですね。どうしても、というのなら考えなくもないですが。でも、女執事を連れていては、周囲から変態扱いされるでしょうね、きっと」

「どういうことだ？」

世間では女性の執事という存在は許されていない。そんな中でアルベルタを供として連れ歩けば、奇異の目で見られることは確実だろう。

「別に、それでも構わないが？」

「よく、お考えになってくださいね。変態と呼ばれて困るのは、旦那様ではないということを」

当主の評判は、その家族にも影響が及ぶ。現に、コーデリアやイザドラは「引き籠《こも》りの伯爵《アール》の家族」としてすでに後ろ指を指《さ》されているのだ。

これで決着はついたかと思われたが、それでもヴィクターは諦めなかった。

「だったら前みたいにドレスを着ればいい」

「嫌です。そもそも着ていくようなドレスを持っていません」

「前に、茶会に行くからと服を作っていただろう」

コーデリアの勧めで作ったドレスのことを、ヴィクターは知っていたのだ。

こうなると、従うしかない。アルベルタは仕方なく頷いた。

「……わかりました。その日はお供させていただきます。ただ私には――」

「ああ、礼儀など期待しないから安心しろ」

こうして、アルベルタは嫌々ヴィクターと二人で百貨店に行くこととなった。

◇◇◇

ヴィクターと出かける日の朝、アルベルタは普段通り業務をこなしていた。そんな悠長な執事に、ラザレスは声をかける。

「おい、そんなにのんびりしていて大丈夫なのかよ」

「まだ出発まで三時間もあるからね」

「でも女の準備は時間がかかるだろう？」

「リリアナさんが手伝ってくれるっていうから大丈夫だよ」

リリアナは元客間女中《パーラーメイド》で、現在はコーデリアの侍女をしている労働階級の女性だ。アルベルタと親しい数少ない女中の一人だった。

「いいから。あとは俺がやっておく」

「いや、悪いよ」

「つべこべ言わずに綺麗になってこい」

ラザレスに背中を押されて、仕事場を追い出されてしまった。

部屋に戻ったアルベルタは、固めていた前髪を洗って解《ほぐ》し、窓を開けて風に当たりながらタオルで拭《ぬぐ》った。それから仕事着を脱いで、ドレス用の下着を身に着ける。

コーデリアが監修してくれたドレスは、控えめな意匠《デザイン》だった。襟元から肩までストールのような布に覆《おお》われており、腰から下は切り換え式のスカートとなっている。ちょうどドレスを着終えたところで、リリアナが手伝いにやってきた。彼女は化粧の担当である。

「どうかな？」

アルベルタが心配になって尋ねると、リリアナはうっとりとアルベルタを見た。

「とても綺麗ね」

「ありがとう、リリアナさん」

腕のいいリリアナに化粧を施《ほどこ》してもらったので、今回は年齢相応の美しさになった。

前回の未亡人のような寂しげな色気はない。

その後、他の女中に見つからないようこっそり裏口から出ていき、伯爵家の馬車へと乗り込んだ。

百貨店ハロッド——五階建てのその建物は、水晶宮殿《クリスタルパレス》の近くにある。水晶宮殿《クリスタルパレス》同様、最新の建築技術を使って建てられた文明の結晶と言われている。毎日多くの人々が買い物をしに押し寄せていたが、貴族を顧客に取り込もうと優待券の配布を始めたのはここ最近の話。

店内には世界中から集められた流行の品々が並べられ、また、一切値引きしないという姿勢を崩さないのも特徴の一つだった。

「……なんか、目がチカチカしますね」

店内には豪奢《ごうしゃ》なシャンデリアが煌々《こうこう》と輝いている。客層を中流から上流階級に絞っているので、その客層に合わせた内装となっているようだ。

「一階が宝飾品、二階が婦人物、三階が紳士物、四階が雑貨、五階がレストランらしいです。あ、地下もありますね。食品を扱っているみたいですよ」

入った時に手渡された案内冊子を見ながらアルベルタが説明する。しかし、ヴィクターは説明そっちのけで、着飾った同伴者を眺めていた。

「旦那様、聞いていますか？」

ヴィクターは目を泳がせた。アルベルタは呆れたとばかりに目を細める。

「では、一階から見ていきますか？」

「そうだな」

それから二人はガラスケースに収められた商品を見ながら進んでいく。

しばし無言だったヴィクターが、口を開いた。

「全部同じに見える」

「私はこの値段ならワインが何本買えると、つい頭の中で換算してしまいます」

二人は早くも途方に暮れた。

目の前でキラキラと輝く宝石も、興味のない者達にとってはただの高価な石なのである。

「どれでもいいから決めてくれ」

「いえ、妹君の誕生日なのですから、旦那様が」

アルベルタの言葉に、ヴィクターはため息をつく。

「目が痛くなってきた」

「仕方がないですね」

そう言ってアルベルタは片手を上げる。すると、柔和な笑みを浮かべた店員が近づいてきた。

「いらっしゃいませ」

「すみません。十五歳の女の子への贈り物を探しているのですが、どれがいいのかわからなくて」

そう聞けば、店員は今流行《はや》りの品をいくつか出して勧めてくれた。

「旦那様、どれにしますか」

何も反応を示さなかったので、肩を強く叩いてもう一度問いかける。

「……青い、宝石の首飾りを」

ヴィクターが決めたのは、小粒の宝石が花の形にカットされた可愛らしい首飾りだった。

店員は礼を言いながら、小さな紙を差し出してきた。

「ただいまメッセージカードのサービスを行《おこな》っておりますが、ここで書かれていかれますか」

「いや、必要な――」

「わあ、よかったですね、メッセージカードですって！　あ、是非とも書かせてください！」

　勝手に返事をするアルベルタに、ヴィクターは抗議の視線を送る。だが、すでに店員はペンも用意している。

「旦那様、ささっと一筆お願いします」

　はあ、と大きなため息をつくヴィクターに、アルベルタはペンを押し付ける。

「これを機に、イザドラお嬢様と打ち解《と》けてみてはいかがでしょうか？」

「なぜ、腹違いの妹と打ち解《と》けなければならん」

「まあそう言わずに」

　いまだ、ヴィクターのイザドラへの感情は複雑なものであるらしい。眉間《みけん》に皺《しわ》を寄せ、嫌悪感を隠そうともしないが、アルベルタは気付かない振りをする。

「イザドラお嬢様はもうすぐ社交界デビューですからね。何か、お伝えすることもあるでしょう？」

もはやメッセージを書かなければ帰れないと理解したヴィクターは、舌打ちをしてペンを取り、さらっと一言記した。

『伯爵家としての誇りを胸に』――それが、イザドラへ向けたメッセージであった。

その後、ヴィクターから何か買い物をしろと言われたので、地下でお菓子の詰め合わせを買う。仕事を代わってくれたラザレスと、準備を手伝ってくれたリリアナへのお礼だ。購入した品は屋敷に届けられるらしく、そのサービスにアルベルタはしきりに感心していた。

ヴィクターは、自分のためのものを買おうとしないアルベルタを見かね、尋ねる。

「酒売り場は見に行かなくてもいいのか？」

「結構です。きっと、私の買える品はないでしょうから」

「一本くらいなら、付き合わせた礼に買ってやってもいいが」

「いえ、お気持ちだけいただいておきます」

女中達に大酒呑みと思われていると勘づいたアルベルタは珍しく遠慮した。そしてヴィクターの買い物をしようと提案し、二人は三階の紳士物売り場まで上っていった。

「ものすごく今さらですが、足は大丈夫ですか」

「ああ、問題はない」

ヴィクターは、最近は足も指先もあまり痛まないらしい。それを聞いたアルベルタは、仕事を手伝ってよかったと思った。

紳士物を何気なく見ていたアルベルタは、ふと足を止める。

「あ、杖が売っていますよ」

手足の痛みが改善した理由について考えていたヴィクターは、腕を引かれて我に返った。そのまま杖売り場に連れ込まれる。

「沢山ありますね」

その商店は、何百種類もの杖をずらりと壁にかけて展示していた。二人で見上げていると、店員の男が近づいてくる。

「いらっしゃいませ、こんにちは」

愛想良く店員が声をかけてきたので、アルベルタは店員に質問をする。

「最近の流行はどれですか?」

「ええ、そうですね――」

店員が杖を一本選んで差し出すが、ヴィクターは手を出さないのでアルベルタが代わりに受け取った。

獣の角を使って作った持ち手部分は滑《なめ》らかな手触りで、綺麗な円柱状に削られている。

「そろそろ新しい杖を買ったらいかがでしょう？　これなんかとても軽いですよ」

「必要ない」

物騒《ぶっそう》な仕込み刀付きの杖など持ち歩いてほしくなかったアルベルタは、それとなく普通の杖を勧める。ところが、相手は一向に興味を示さない。

それでも諦めないアルベルタは、目についた他の杖を手に取ってヴィクターへ見せる。

「それは重いでしょう？　手に負担がかかります。旦那様、こちらはいかがです？　素敵な杖だと思うのですが」

すると店員が手をすり合わせながら割って入ってきた。

「ええ、奥様のおっしゃる通り、こちらは人気の高い一品でしてね。他にも数種類同じ素材の品がございまして」

「あ、いえ、私は奥様では――」

「見せてもらおうか」

店員から奥方だと勘違いされたアルベルタであったが、訂正する前にヴィクターに遮《さえぎ》られてしまった。

「いかがでしょうか？」

「軽い、な」

「ええ。そちらは輸入した籐《とう》を使っておりまして」

その杖は、先ほどの品よりもさらに軽量だった。普段持ち歩いている重たい杖と比べて、こんなにも違うものなのかとヴィクターが呟《つぶや》く。

アルベルタは、満更でもなさそうなヴィクターに、もうひと押しだと察した。

「よい機会ですので、買い替えてはいかがでしょう?」

「だが、あの杖は大切な護身用で――」

そう言いかけたヴィクターの腕を、アルベルタはそっと握る。

「大丈夫ですよ。何かあったら、私が傍《そば》で支えて差し上げますから」

その言葉を聞いたヴィクターは、目を見張った。そして、憑《つ》き物が落ちたような表情を浮かべる。

「どうかしましたか、旦那様?」

「いや、なんでもない。すまない、これを」

ヴィクターは新しい杖を購入した。店員に、今まで使っていたものは処分するように頼む。

「はい、では、こちらで処分いたします」

「扱う際は注意を」

「ええ、存じておりますよ。少し前まで、この杖を持って歩いている方は沢山いらっしゃいましたから」

店員は杖に仕込みがあることを知っていた。店でもつい最近まで取り扱っていたと切なげに話す。

「戦争中は色々と物騒《ぶっそう》でしたからね。でも、今は平和になりましたから。この杖の需要がなくなって、私も嬉しく思いますよ」

「……ああ、そうだな」

世の中は平和になった。今初めて実感したと、ヴィクターは呟《つぶや》いた。

購入した杖は、三日後に伯爵邸へ届けられるということだが、引き籠《こも》りのヴィクターは杖を持って出かける予定もなく、問題なかった。

一階へ戻る途中、アルベルタはヴィクターの顔を心配そうに覗《のぞ》き込んだ。

「旦那様、杖がなくても大丈夫ですか?」

階段を下りていたヴィクターは、立ち止まってアルベルタをじっと見つめる。

「何かあったら、お前が支えてくれるのであろう?」

ヴィクターがあまりに真剣に言うので、アルベルタは思わず笑ってしまった。

「そうですね。ですが、階段を踏み外されたりしたら、さすがに支えるのは無理かもしれません」

「なんだと？」

「そうなったら、転がっていく旦那様の健闘を、祈らせていただきますね。上手に受け身を取ってくださいませ」

「薄情な奴だ」

ヴィクターはそう言うと、アルベルタの手を取り、自分の腕に絡ませた。

「旦那様、困ります。私は緊急用の杖です。普段使いはご遠慮いただくよう——」

「いいから、杖は黙って歩け」

こうして言い合いをしながら、二人は家路についたのであった。

◇◇◇

本日はイザドラの十五歳の誕生日。付き合いのある人から次々と贈り物が届いている。

その中に母親からの贈り物を発見して、ホッと胸を撫《な》で下ろすイザドラの姿を、アルベルタは目撃してしまった。

イザドラはそれを一番に開封し、中身を確認する。

母コーデリアが贈ったのは、白のドレスだった。イザドラはとても素敵な贈り物だと呟《つぶや》き、そっと抱きしめる。

しかし、兄からの贈り物はなかったので、イザドラは落胆しているようだ。

先日購入した首飾りはいつ渡すつもりなのかと、一人やきもきするアルベルタであった。


都《みやこ》の空に小さな星がぽつぽつと輝く夜、ガーディガン伯爵家では大勢の招待客を呼んで、イザドラの盛大な誕生パーティが開かれた。

その規模は、イザドラの十五年間の人生で一番盛大だった。というのも、このパーティは新たな当主ヴィクターのお披露目という意味合いもあるからだ。次々と到着する客の名前が、大広間の入り口で読み上げられている。

「エンジュ・アルバーン子爵夫妻、および、ミス・アルマ」

また一人、会場に独身女性の名が呼ばれる。それを聞くたびに、ヴィクターはまたか、と憂鬱《ゆううつ》そうな反応を示した。これまでの見合い話の多さから、すべての独身女性が自分との結婚を考えているのではないかと、自意識過剰になっていたのだ。

ヴィクターは、コーデリアと二人で招待客からの挨拶《あいさつ》を受けていた。ただ、喋《しゃべ》っているのは母親ばかりで、ヴィクターは話しかけられても上手く返答できなかった。

早くから軍人になり、これまで社交界とはまったくかかわりがなかった彼には、気の利いた言葉など思いつかない。

先日の園遊会《ガーデンパーティ》ではそれほど他人との会話が気にならなかったので、今日も大丈夫だと思い込んでいたヴィクターは、自分の無力さを知る。

あの日はアルベルタが率先して会話に参加し、ヴィクターが話しやすい話題を振ってその場を盛り上げていたのだと、この時になって初めて気付いたのだ。

「――娘は十八歳でしてね、親の私が言うのもなんですが、楽器も得意ですし、社交性もあって」

「まあ、そうですの」

年頃の娘を持つ親は、挨拶《あいさつ》ついでに売り込みも忘れない。自分の娘がどんなに美しく、謙虚《けんきょ》で、教養があり、伯爵家のために役立つかを、熱く語っていた。

だが、どの娘もヴィクターという朴念仁《ぼくねんじん》には同じように見えていた。

娘達は扇《おうぎ》で顔を隠しつつ、熱っぽい視線を伯爵家の残念当主に向けている。

「あの、よろしかったら、のちほど娘と一曲――」

「……」

「えっと、ガーディガン卿？」

物思いに耽《ふけ》るヴィクターに、子爵は何か失言でもしたかと不安そうにしている。

「……ああ、ごめんなさいね、息子は戦争で足を悪くしているもので」

コーデリアがすかさずフォローする。

「あ、ああ、そうでしたね、これは失礼を」

「でも、一曲か二曲かは踊れるかと。機会がありましたらこちらから声をおかけしますわ」

「は、はい、ありがとうございます！」

こうしてヴィクターは最後まで無言を貫《つらぬ》き、子爵とその娘はそそくさと去っていった。

長かった挨拶《あいさつ》の時間がようやく終わると、コーデリアは給仕《きゅうじ》の運んできた酒を一口で呑み干した。

「ねえ、ちょっといいかしら」

コーデリアは満面の笑みを浮かべたまま、ヴィクターを人気《ひとけ》のない場所に連れていく。

「いい加減、機嫌を直しなさい。わたくし、あなたの尻拭《ぬぐ》いに疲れてしまったわ」

親子の間に流れる空気はギスギスしていた。いつもは執事が緩衝《かんしょう》材の役をしていたのだが、今日はいない。

「もしかして、あの子を厨房《ちゅうぼう》の手伝いに行かせたことを怒っているのかしら？」

本日のアルベルタは、使用人の人手不足を補うために、厨房《ちゅうぼう》で仕事をしている。

コーデリアの小言は、次から次へと飛び出してきた。ヴィクターの我慢も限界というところで、本日の主役が登場する。

会場へ入ってきたイザドラは、一気に人に取り囲まれた。それをいい機会だと思ったヴィクターは、贈り物を渡してくると言って母親の説教から逃げ出したのだった。

「……別に」

イザドラは、今までにないほど沢山の招待客に驚きを隠せず、ぎこちない笑顔で一人一人と挨拶《あいさつ》を交わした。

その隣には、うんざり顔のラザレスがいる。彼には婚約者がいないので、急ごしらえの相手役に任命されたのだ。人々から続けざまに婚約が決まったのかと質問され、否定することに疲れているようである。

そんな中で、突然人だかりが引いた。イザドラが一体何事かと思っていると、ヴィクターが近づいてくるのが見えた。

初めてまともに対面する兄妹を気遣って、ラザレスは人払いをしている。

二人の間に、気まずい空気が流れる。

沈黙を破ったのは、兄ヴィクターであった。

「贈り物を」

「え？」

ヴィクターは言葉少なに、綺麗に包装された小さな箱を差し出す。

イザドラは想定外の出来事に、目を見開いた。

「あ、ありがとう、ございます」

呆然としながら小箱を受け取ったイザドラ。やがて背後にいた侍女に軽く突《つっ》かれ、放心していたことに気が付いた。

「お、お兄様、開けても？」

「ああ、構わない」

包装を剥《は》がして侍女に押し付け、木製の箱をどきどきしながら開く。

「――まあ！」

イザドラは、花をモチーフにした青い宝石の首飾りを手に取り、うっとりと眺めた。

「あ、ありがとうございます、綺麗です。とても、気に入りました」

「そうか」

首に付けていたチョーカーを外し、侍女に頼んで首飾りを付けてもらう。満面の笑み

を浮かべるイザドラだったが、侍女から箱の中に入っていたカードを渡されると、今度は目を潤《うる》ませた。

「お兄様、私は、私は……」

「これから先も、伯爵家の名に恥じない生き方をするように」

「は、はい！」

一方、ヴィクターは素直なイザドラを見て、今までなんとひどい仕打ちをしていたのかと、一人反省していた。

彼女が女中頭《じょちゅうがしら》の子どもであることには変わりないが、イザドラ本人に罪はないのだ。

そのことに気付けただけでも参加した意味があったな、と考えていると、音楽隊の演奏が始まった。

「あ、あら、やだ、ラザレスは⁉」

一曲目のダンスはイザドラとラザレスが踊ると決まっていた。なのに、その相手役の姿はどこにもない。

「どうしましょう、あの人ったら！」

ヴィクターは仕方がないと、イザドラへ手を差し出す。

「え？」

「早く、手を」

不安そうな顔をしていたイザドラの表情は、一気に晴れ渡った。

「お兄様！」

兄の手を取って、イザドラは大広間の中心で軽やかに踊る。

ヴィクターも、足に後遺症があることを感じさせない優雅な動きだった。

こうして、イザドラの誕生パーティは幕を開けた。

そんな中、階下の厨房《ちゅうぼう》は大変な事態となっていた。

本日のパーティは、大広間ではダンスを踊り、広間では立食会を行《おこな》うという二部構成である。

したがって、途切れることなく空《から》の食器が戻ってくるため、洗っても洗っても終わらず、先の見えない戦いだった。

アルベルタも、額に汗をかきながらお皿や鍋の汚れと格闘していた。日雇いの皿洗いが追加で来ると、アルベルタは野菜洗いに回る。

それから料理の盛り付け、肉料理に合わせるソース作り、酒の運搬など、息つく暇もない。

酒の貯蔵庫から戻ってくると、料理長から声をかけられた。

「おい、執事」

「なんでしょう？」

「そこの鳥をドレスしてくれ」

「はい？」

「ドレスだよ、ドレス」

桶《おけ》の中には、山盛りの鳥。今朝方仕留められた小振りの鳥で、今の時間帯が熟成していて食べ頃となっていた。これからこの鳥達は、羽根を毟《むし》られて、中身を全部取り出され、香草をたっぷり詰め込まれて丸焼きになる予定らしい。

ドレスしろという意味がわからなかったアルベルタは、鳥の羽根で舞踏会に着ていくドレスを作るのかと尋ねた。その呑気な質問に、料理長はイライラが頂点に達したようだ。

「厨房《ちゅうぼう》でドレスつったら動物の肉を解体《バラ》せって意味だ、馬鹿‼　ぶっ飛ばされてえのか‼」

「……いえ、ぶっ飛ばされたくないです」

「だったら、早く外でドレスしてこい‼」

「あの、実は鳥の解体は、経験がなくって」

「はあ⁉　なんで厨房《ちゅうぼう》係に志願したんだよ、お前。料理を舐《な》めてんのか‼」

「……いえ、舐《な》めてはないです」

よく隣国の料理人は短気で怒りっぽいと言われるが、伯爵家の料理人、ラファエル・ジョルジュも例外ではなかった。

「おい、マリア。ソースはあとどれくらいだ⁉」

「三分で仕上がります」

「終わったらこの使えない執事にドレスを教えてやれ」

「わかりました」

こうしてアルベルタは、鳥の捌《さば》き方を台所女中《キッチンメイド》に教わり、全身血塗《ちまみ》れで帰還したのだった。

パーティが落ち着いた頃、イザドラは走って使用人の休憩室へと向かっていた。部屋の戸を開いたイザドラは、思わず叫んだ。

「まあ‼」

部屋の隅にいた人物は、虚《うつ》ろな視線で俯《うつむ》いている。

「アルベルタ、そんなに真っ白になって‼」

アルベルタは、不幸にも頭から小麦粉を被ってしまい、そのうえ服も鳥の血で赤く染まって満身創痍《まんしんそうい》だった。イザドラの顔を見て、気にしないでくださいと、弱々しい声を出す。

「それで、イザドラお嬢様、どうしてこちらに？」

「ちょっと待って、顔を」

「いいえいいえ、お気遣いなく！　近づくと汚れますよ、それに血なまぐさくて――」

「いいから黙ってなさい」

「……はい」

イザドラから絹のハンカチで顔を拭《ぬぐ》ってもらい、少しだけ綺麗になったアルベルタは、生き返ったようだと大袈裟《おおげさ》に礼を言う。

「それで、ご用事ですか？」

「え、ええ。今日、ね、お兄様にこれをいただいて」

イザドラは胸で輝いている首飾りをアルベルタに誇らしげに見せた。

「とてもよくお似合いで、素敵です。その宝石と白いドレスがよく合っていますね」

「ありがとう」

それからイザドラは夜会の素晴らしい出来事を、楽しそうに語り始めた。

最初のダンスでラザレスが急にいなくなり、兄ヴィクターと踊ることになったこと。身内の贔屓目《ひいきめ》かもしれないけれど、ヴィクターの踊りは誰よりも上手かったこと。それから、少しだけ母親とも会話ができたと、嬉しそうに話した。

「あとね、お兄様の贈り物にメッセージカードが入っていて……特別に、あなたにだけ見せてあげるわ」

「本当ですか？　光栄です」

にこにこと少女らしい笑顔のイザドラを見て、旦那様も頑張ったのだな、と心の中で賞賛をおくった。

それからしばらくパーティの話で盛り上がっていたが、急にイザドラは真面目な顔になって、ポツリ、ポツリと心の内を明かす。

「今まで、私の姿はお兄様には見えていないんだって思っていたの。でも、今日、こうしていろんなことをしてくれて、違うんだって気付くことができたわ」

「イザドラお嬢様……」

「これも、お兄様に心境の変化があったからだと思っているの。だから、私も変わらなきゃって、決心したのよ」

強い決意を感じさせる少女の瞳を、アルベルタは眩《まぶ》しく感じた。

「あなたも、私を見守ってくれるかしら？」

「……ええ、時間の許す限り」

一年契約ということを知っているのは、コーデリアとラザレスだけだ。イザドラの成長が見られるのも、残り半年少々ということになる。それでもアルベルタは、イザドラを応援すると言って勇気付けた。

「ところで、お兄様がどうして変わったのか、あなたは気付いていて？」

「いえ……」

「そう。あなたも、早く気付くといいわね」

こうして小さな一歩を踏み出した伯爵家の兄妹は、大きく変わろうとしていた。

◇◇◇

翌朝。外は薄暗く、降り始めた大粒の雨が乾いた地面を濡らしていく。

朝の台所はいつものように忙《せわ》しなく、早起きしたアルベルタは泥の付いた野菜を洗って時間を潰していた。

主人を起こす時間になったので、茶器と新聞を銀の盆に載せて二階の寝室《ベッドルーム》まで運ぶ。

アルベルタが執事になって数ヶ月経っていたが、起こしに行ってもヴィクターが寝台の上で眠っていたことは一度もなかった。空《から》の寝台にお茶を運ぶという意味のない行為を、アルベルタは無駄だと思いつつも最近は真面目に行《おこな》っている。

ところが、今日はいつもとは違った。

アルベルタは簡易台所へ手押し車を取りに行くのを面倒に思い、盆に茶器を載せて運ぼうと、足で寝室《ベッドルーム》の扉を押さえる。すると奥から呆れた声が飛んできた。

「――何を、しているのだ、お前は」

びっくりして思わず盆を落としそうになったが、なんとか耐えた。

カーテンを閉め切った薄暗い部屋の中を、慎重に進んで机の上に茶器を置く。そして、ポケットの中からマッチ箱を取り出して着火し、燭台《しょくだい》にある蝋燭《ろうそく》三本に火を点《と》した。ぼんやりと明るくなった部屋の寝台には、背もたれに寄りかかって座るヴィクターの姿がある。

「旦那様、おはようございます」

「……ああ」

まだきちんと目覚めていないのか、ヴィクターの声には張りがない。

「新聞紙と、朝の紅茶をお持ちいたしました」

新聞紙は勝手にヴィクターの手元に置き、蒸らした紅茶をカップに注《つ》ぐ。

「珍しいですね、こんな時間まで横になっていらっしゃるなんて」

「……昨日の疲労が抜けきっていないからだ」

「左様でございましたか」

昨晩のイザドラの誕生パーティは大盛況で終了したようだ。最後まで付き合っていたヴィクターはうんざりとした顔で紅茶を啜《すす》っている。

「イザドラお嬢様、首飾りを大層喜んでいらっしゃいましたよ」

「あれは、もう起きているのか？」

「いえ、昨日休憩している時に、わざわざ報告しに来てくださったのです。カードにも、感激されていました」

「それはお前の手柄だ」

「いえいえ、とんでもないことでございます。贈り物を選んだのも、メッセージを書いたのも、旦那様ご自身です」

執事の言葉を聞きながら、ヴィクターは動きの鈍い足を擦《さす》っている。起床時から怪我をしたほうの足に違和感を覚え、起き上がることが困難だったと言う。

「前から、この症状は大雨の日に出るのだ」

「それは、お辛いですね」

「まあ、どこぞの令嬢数名とダンスを踊ったのも、負担になったのかもしれんがな」

「お疲れさまでした」

医者が処方した痛み止めを持ってくるか尋ねると、ヴィクターは首を横に振った。

「それよりも、以前の園遊会《ガーデンパーティ》では、お前に負担をかけていたようだな」

「なんのことでしょうか？」

アルベルタは、ヴィクターの唐突な言葉に驚いた。

「昨日、あまりにも招待客と喋《しゃべ》らなくて、母に怒られた」

そんな状況になって初めて、自分には社交性が皆無だと自覚したという。

「あの時はお前にばかり会話を任せ、私は何もしていなかった。昨日、母親に責められて気が付いた」

しんみりと話すヴィクターに、アルベルタは励ますように言った。

「お気になさらないでください。私はお喋《しゃべ》りが好きなので、あの日は楽しんでいましたから」

「そうか」

アルベルタは、今まで黙っていましたが、と前置きしてから話し出す。人が多いところはドキドキするし、知らない場所に行く時はうきうきする。本当は着飾って出かけるのも大好きだと語った。

それを聞いたヴィクターは、ほっとしたようだ。

「だったらよかった。しかし、この年になって、他人と上手く付き合えないのも考えものだな」

「そんなの、大丈夫ですよ。悩むようなことではありません」

アルベルタはにっこり笑った。

「どうしてそう思う?」

「だって、夜会などの社交界は、女性を中心に回っていますから。明るくって人当たりの良い奥様を迎えれば解決します。ふわっとした内容のない会話など、奥様に任せていればいいのです。気の利いた会話ができないからと無理をして、心を痛めるほうが体によくないと思いますよ」

「そう、だろうか?」

ヴィクターの眉間《みけん》の皺《しわ》は解《ほぐ》れ、張り詰めていた空気が和らいだ。

「心配は要りません。いつか、そんな女性に出会えますよ」

「ここに、明るくて人当たりの良い女がいるが……」

「今、なんと？」

ヴィクターの声は小さすぎて、アルベルタには聞き取れなかった。

無言で見つめられ、その視線の意味を紅茶のお代わりと受けとったアルベルタは、カップになみなみと紅茶を注《つ》いだ。


その夜、一日のほとんどの仕事を終えたアルベルタは、休憩室でゆっくりしようと廊下を歩いていた。階段を下りようとした瞬間、背後から呼び止められる。

「アルベルタ！」

振り返ると、息を切らしているイザドラがいた。アルベルタを見かけ、慌ててかけてきたらしい。

「イザドラお嬢様、いかがなさいましたか？」

「あ、あの」

イザドラはぎゅっとアルベルタの服の袖《そで》を掴み、もじもじしながら続ける。

「暇になったらでいいから、私の部屋に来て？　少しだけ、お話ししたいの」

そんなことを言ってくるイザドラはあまりに可愛く、アルベルタは眩暈《めまい》を起こしそうになる。

「それなら、今から伺《うかが》っても？」

「仕事は大丈夫なの？」

「ええ。あ、紅茶をお持ちしましょうか？」

「いいえ、要らないわ。部屋に果実汁があるから、それを飲みましょう。美味《おい》しいお菓子も昨日もらったのよ」

そう言いながらイザドラはアルベルタの手を握った。

「これは？」

「アルベルタが、逃げないように」

「に、逃げませんよ」

「あなたはのらりくらりしていて、行動が読めないから。念のために、よ」

誘う時は恥ずかしそうにしていたのに、いざ承諾を得ると積極的になったイザドラに、アルベルタの胸はキュンとときめいた。


花柄の調度品で統一されたイザドラの部屋は、とても可愛らしい。聞けば、コーデリアの趣味だという。ソファを勧められ、恐縮しながらも腰かける。

机の上にあるのはパブロバという、さっくりと焼き上げたメレンゲに生クリームと果物を挟んだ菓子だ。それをイザドラが手ずから皿に盛り、果実汁も注《つ》いでくれる。手伝おうとすると怒られてしまったので、アルベルタは大人しくしていた。

パブロバはこの国の菓子ではない。アルベルタも食べるのは初めてだった。外側はさっくり、中はふわふわという珍しい食感の菓子を二人で堪能する。生クリームの上にたっぷりと盛り付けられた果物のお陰で、ほどよい甘さとなっていた。

菓子を食べ終えると、イザドラは本題に入った。

「それで、話なんだけど。毎年ね、夏になると一週間くらい北にある避暑地の別荘に出かけているの。でも、今年はお母様が行かないって……。それで、あなたを誘おうかな、と思って」

「わたくしを、ですか？」

「ええ。今季は行かないっていう選択肢も考えたけれど、やっぱり一年に一度は行かないと、なんか物足りない感じになりそうだから」

「それは、光栄なお話ですが――」

問題はコーデリア、ヴィクター親子が、なんと言うかである。

「お母様は別にいいって、言ってくださったの」

「では、問題は旦那様ですね」

「ええ、そうね。ちょっと聞きにくいかなって」

現在、アルベルタはヴィクターの助手として、なくてはならない存在となっていた。アルベルタの休みの日は不機嫌《ふきげん》になるほどである。説得するのは大変そうだなと、二人揃って苦い表情を浮かべた。

「そういえば、あなたは知っていて？　避暑地はルベウスっていうワインの名産地なんだけど」

アルベルタはその言葉に、ハッとする。知っている銘柄だったからだ。

「アルベルタ、どうかしたの？」

「いいえ、以前、ルベウスワインを呑んだことがあって――」

「まあ、そうだったの」

イザドラは説明を続ける。北の地にある別荘は、夏場は春のような気候で過ごしやすく、湖ではボートを楽しめ、静かな森を抜けた先には素晴らしい花畑があるという。なんと言っても、世界的に有名なワインの名産地でもあるので、そこに住む人々は普段から水のように酒を呑んで暮らしているらしい。

「是非ともご一緒したいので、旦那様に聞いてみますね」

「お願いできるかしら？」

「はい、喜んで！」

夏の予定に心躍《こころおど》らせつつ、アルベルタはイザドラの部屋を辞した。

伯爵家は今暖かな春を迎え、穏やかな夏を目前に控えていた。

◇◇◇

本日もどんよりとした天気で、細かな雨が水溜まりに波紋を作っている。

休日のため、いつもより遅く目覚めたアルベルタは、まだ覚醒しきっていない頭を起こすために洗面所へ向かう。樽の中の生温かい水を掬《すく》って顔を洗い、歯も磨く。髪の毛も雑に梳《と》いて整えた。

使用人の居住区では、たまに女中頭《じょちゅうがしら》の抜き打ちの見回りが行《おこな》われる。アルベルタが以前、寝間着のまま一日過ごしていたら、だらしがないと怒られたことがあった。それを思い出し、着ていた服を脱いで、シャツと園丁《えんてい》が着るような作業ズボンに着替える。スカートもいくつか所持してはいるが、男装に慣れてしまえばズボンのほうが楽なのだった。

シャツのボタンも上まできっちり留めないと女中頭《じょちゅうがしら》に注意されるのだが、今日は雨でじめじめしているので、腕まくりくらいは許してもらおうと、袖《そで》を折り曲げる。

身支度が終わると、小さな食料棚の中を探る。いつもなら非常食としてビスケットやショートブレッド、チーズなどが入っているのに、今日に限って食料を切らしていたことに気付く。

食堂へ行こうかとも考えたが、今の時間は使用人達の食事の時間だ。それに、今日は一ヶ月に一度の大掃除の日だった。

以前、休日に食堂へ下りていったら掃除を手伝わされたことがあったため、今日も女中頭《じょちゅうがしら》と鉢合わせたらかなりの確率で駆り出されることが予想できる。アルベルタは仕方なく空腹を我慢することにした。

部屋に敷いてある絨毯《じゅうたん》の端をめくると、床下の収納が現れる。中は比較的低温であることから、簡易貯蔵庫として使っていた。そこからワインを一本取り出し、栓抜きで開ける。空腹を酒で誤魔化《ごまか》すのはよくないことであったが、少しだけと、ワインをカップに注《つ》いだ。

それからしばらく、部屋の電灯を消してぼうっとしつつ酒を舐《な》めながら過ごす。

普段は雨が降ると仕事が捗《はかど》らず気が滅入ることも多いが、休日に降る静かな雨は嫌いではなかった。部屋を暗くして聞く雨音は、心を落ち着かせてくれる。

その規則的な音を聞いているとウトウトしてしまい、アルベルタは寝台の上に寝転がった。シャツの襟が首を締め付けていたので、三つほどボタンを外す。酒のせいもあってか、数秒のうちに眠りについてしまった。

ドンドンと扉が叩かれる音で目が覚める。戸を叩く音は鳴り止まないので一度伸びをし、一体誰かと首を捻《ひね》りながら扉へと向かった。

「……はい、なんでしょう、か？」

扉の前にいたのは、今日も見目麗《みめうるわ》しい、不機嫌面《ふきげんづら》のヴィクターだった。

「──うわ、旦那様」

「うわじゃない。鍵を持っているだろう？　今すぐ出せ」

「鍵、ですか？」

「昨日、施錠《せじょう》していただろうが」

アルベルタは、ヴィクターの言っていることが理解できずに首を捻《ひね》る。この時すでにかなり酔っ払っていたのだが、もちろん本人は自覚していない。

「私の机の鍵だ。昨日、お前が使ってそのまま返さずに帰っただろう？」

「どう、でしたかね。それよりも、旦那様」

「なんだ？」

「ここは、男子禁制の場所です」

アルベルタの言うことに呆れながら、ヴィクターは辛抱強く聞き返す。

「……どうしてこの家の当主たる私が、使用人の決まりごとに従わなければならない」

「あ、そうでしたねえ。そういえば、出入り口に鍵、かかっていませんでしたか？」

「いや、施錠《せじょう》はしていなかったが」

「左様でございましたか。誰か、かけ忘れたのかな……？」

空腹状態での飲酒は激しく思考を鈍らせる。足元もふらついていたが、アルベルタは壁に寄りかかってなんとか耐えていた。

「……もしかして、酔っているのか？」

「いいえ、全然」

「嘘《うそ》つけ。様子がおかしい」

ヴィクターは扉の傍《そば》にあった電灯のスイッチを入れる。

灯りに照らされた室内には、頬を赤く染めとろんとした目付きのアルベルタの姿があった。いつもと違う様子に、明らかに酔っ払いだとわかる。

「朝から酒を呑むとは、いい身分だな」

「休みの日だから許されるのですよ」

ヴィクターが酔っ払いの主張に呆れていると、階段をトントンと上がる音が近づいてくる。加えて喋《しゃべ》り声も聞こえてきた。

「はあ、三階の廊下の担当なんて最悪～」

「電気が通って明るいから、ちゃんと綺麗になったか一目でわかるのよねぇ」

足音と声の主は女中のものだ。今日は大掃除の日なので、居住区担当の者達が掃除道具を持って上がってきていたのだ。階段は一つしかない。どこに身を隠そうかと辺りを見回すヴィクターの手を、アルベルタは強く引き部屋の中へ入れた。

やってきた女中はぴたりと動きを止め、今しがたの違和感を口にする。

「……あれ？」

「どうしたの？」

「今、男の人がいたような？」

「気のせいでしょ？　それか、幽霊。出るらしいよ、このお屋敷」

「も、もう、そういうの、やめてよお～!!」

女中達は怪談話で盛り上がりながら、廊下の掃除を始めた。

「廊下のお掃除が始まってしまいましたね。しばらくここから出られません」

なんとか見つかる寸前で隠れることに成功したが、ヴィクターはこの不可解な状況に、頭を抱えている。

ひとまずアルベルタは、ヴィクターに部屋に一つしかない椅子を勧めた。

彼が殺風景な部屋だと言うので、使用人の中では上等なほうだと返す。

主人を待機させている間、アルベルタはもてなす物がないことに気付いた。

「すみません、今お酒しかないんです」

そう言ってアルベルタは酒の入ったカップを「どうぞ」と差し出す。

「このあとも仕事だ。呑むわけないだろう」

「左様でございましたか」

酒を円卓に置き、アルベルタは寝台の上に腰かける。

部屋の中は薄暗い。それがヴィクターには不思議なようだった。

「いつも部屋が暗いと文句を言う癖に、どういうことだ？　てっきり、明るい場所が好きなのだと思っていたが」

「状況によりますよ。仕事中は明るい環境が望ましいと思っています」

雨の勢いが強くなっていた。ヴィクターの表情が険しくなっていく。足が熱を持ち始めたようだ。手で足を強く押さえている。

「……足の傷が、痛みますか？」

ヴィクターはその問いかけを無視して、気を紛らわそうとするようにワインを一気に呑み干した。

しかしアルコール度数が高いワインなので、噎《む》せてしまった。

酒好きのアルベルタでさえ舐《な》めるように呑んでいた物である。なんだか気の毒に思い、アルベルタは立ち上がってヴィクターの背中を優しく擦《さす》った。

「シェリーは旦那様のお口に合わなかったみたいですね」

「……うるさい」

それからはひたすら静かな時間を過ごす。部屋の外からは、掃除する女中達の声が微かに聞こえてくる。アルベルタは寝台の上に座っていたが、途中で瞼《まぶた》が重くなり、そのまま横になった。

そんな中、沈黙を破ったのはヴィクターであった。

「お前は――他の男にも、こんなことをしているのか？」

「こんなこと？」

「部屋に招き入れて、無防備な姿を晒《さら》すことだ」

寝転がった状態のアルベルタは欠伸《あくび》を噛み殺しながら、目を瞬《しばた》かせる。

「いいえ。旦那様だけ、ですよ」

その言葉を聞いたヴィクターは瞠目《どうもく》したが、薄暗い中でアルベルタは気付かない。

「だって、先ほどは雨に濡れた小犬みたいなお顔をしていましたから」

「はあ!?」

どういう意味なのかと聞き返すヴィクターに、アルベルタは答えない。

ヴィクターは舌打ちをし、二杯目の酒をカップに注《つ》いで一気に呑み干す。続いて、三杯目も一気に呷《あお》った。

「……招き入れた小犬が、狼だったらどうする?」

「そうですね……頭を、撫《な》でてさしあげます」

「は?」

「狼だって雨に濡れたら悲しい気分になるでしょう?」

そんなアルベルタの言葉に、ヴィクターの表情が一瞬和らいだが、すぐに酔っ払いの戯言《ざれごと》だと気付いたようで、再び眉間《みけん》に皺《しわ》を寄せる。

「お前は――私を異性だと思っていないな?」

ヴィクターに問いかけられるが、酔っているアルベルタにはどうでもよかった。

適当に返事をして、重い瞼《まぶた》を閉じてしまった。

雨は先ほどよりも勢いを増し、ヴィクターの足の傷はズンズンと重たい痛みを訴えている。早く部屋から脱出したいと思いつつも、掃除を終えた女中達が、階段に座ってお喋《しゃべ》りをしているため出られない。

薄暗い部屋の中、色っぽい執事が寝台に横たわっているが、ヴィクターは何もできなかった。

ここは地獄かと、心の中で呟《つぶや》く。

「タ……様」

ふと、アルベルタが寝言を言っているのに気付く。傍《そば》に寄って耳を傾けるが、何を呟《つぶや》いているのかわからない。聞き取ることは諦めて、アルベルタの隣に腰かけた。

「……ずっと、待って、……のに、どうして、こな……ったの。ひど、い」

はっきりと聞こえた寝言にヴィクターは肩を震わせた。

「お、おい！　起きろ！」

「……ん？」

「今の言葉は、どういう意味だ？　一体、誰を待っていた？」

ゆさゆさと体を揺らすが、本人はなかなか覚醒しない。

日々、疑問に思っていながらも口にできなかったことを問いかける。

「やはり、お前は祖母の世話をしていた、アルベルタ・ベイカーなのか？　そうなのだろう？」

それは、彼の願望でもあった。

ヴィクターは、アルベルタ・ベイカーとアルベルタ・フラン・ド・キャスティーヌが同一人物である可能性など、ごく低いとわかっていた。だが、どこかでそれを否定し切れずにいる。

アルベルタ・フラン・ド・キャスティーヌ――普段の態度は辛辣《しんらつ》で、主人の言いなりにならず、執事としては失格。隙がない印象があるが無類の酒好きで、頑《かたく》な態度も高級ワインでひっくり返す、とんでもない女。有能でなかったら、即座に首にしていただろう。

一方で意外な一面――女性らしい繊細な部分もある。

園遊会《ガーデンパーティ》で見せた、貴族女性としての完璧な振る舞いや、美しい物を愛《め》でる感性、上品な物腰。百貨店で見せた献身的な言動。

男装時の態度とは一変して、着飾った時のアルベルタは魅力的な女性であった。

ヴィクターは、彼女がアルベルタ・ベイカーであってほしいと心のどこかで願っていた。

もしも本人から違うと言われたら――想像しただけでも気落ちしてしまう。ゆえに、これまではっきりと聞けずにいたのだ。

そんな思いとは裏腹に、彼女がアルベルタ・ベイカーでなくても構わないと思い始めている自分にも気付いていた。ヴィクターは、我ながら薄情なものだと呆れてしまう。

どちらにしても、今ここにいるアルベルタが、どうにも気になってしまう存在であることには変わりなかった。

――雨の一日は、二人になんの収穫ももたらさないまま、終わっていった。

◇◇◇

結局アルベルタは、一日中食事も取らずひたすら眠るという、だらしない休日を過ごしてしまった。

翌日の目覚めは最悪だった。極度の空腹と倦怠感《けんたい》、そして無駄な一日を送ったという自己嫌悪。途中、主人が部屋を訪れ、なぜか中に招き入れたのだが、なんの用事だったのかも覚えていない。ヴィクターが酒を呑んで激しく噎《む》せていたという、どうでもいい記憶しか残っていなかった。

まだ出勤までかなりの時間があったが、再び眠るには微妙な時間であった。二度寝すると寝坊しそうなので、仕方なく起き上がる。いまだ覚醒しきっていない頭をはっきりさせるために、体でも洗おうと外にある浴場へと向かった。

井戸から水を運び、竈《かまど》に薪《まき》と火を入れる。外は日の出の気配すらない真っ暗闇。早起きの使用人達もまだ夢の中だ。ゆらゆらと燃える竈《かまど》の火を眺めながら、昨晩の夢について考えていた。

その夢はマルヴィナと暮らした日々の記憶だった。あれはマルヴィナが病《やまい》を患《わずら》い、寝台の上で寝たきりになった頃のことだったと、アルベルタは思い出す。

遡《さかのぼ》ること七年ほど前——指先が動かせなくなったマルヴィナは、アルベルタに手紙の代筆や朗読を頼むようになった。

病《やまい》を発症してから沢山の食事制限があったが、その頃はなんでも好きなものを与えるようにと医者から言われていた。

それは、マルヴィナの寿命が残り少ないことを暗に示していた。

彼女が一番辛いと言っていたのは、飲酒を禁じられたことだった。それが解《と》かれたと知ったマルヴィナは、特別なワインを呑むから持ってくるようにとアルベルタに命じた。

ずっと床下の貯蔵庫に置いてあった『ルベウス』という銘柄のワインは、この国の北の大地で生産されている。驚くべきことに、それはマルヴィナが新婚旅行の時に買った、五十数年物のワインだった。

マルヴィナが新婚旅行に選んだルベウスという地は、冬になれば厳しい寒さであったが、夏は過ごしやすいところだという。そこで作られるルベウスワインは世界一美味《おい》しい酒だと、マルヴィナは力説した。

久しぶりにワインを口に含んだマルヴィナは、うっすらと涙を浮かべていた。昔の記憶が蘇《よみがえ》ったのかもしれないなと思いながら、アルベルタは見ない振りをした。

そして、ワインを一口味見させてあげると言われたので呑んでみれば、あまりに苦くて酸《す》っぱい味わいに、思わず顔をしかめてしまった。その様子を見て、マルヴィナは愉快だと笑った。

酒の美味《おい》しい呑み方を教わったのは、その日から。

マルヴィナは瓶の保管方法から綺麗な栓の開け方、保存に適した温度や注《つ》ぎ方など、さまざまな知識を与えてくれた。

講習という名の週に一度の飲み会は、アルベルタにとって唯一の娯楽でもあった。

ある日マルヴィナは、ルベウスへもう一度行きたい、と言い出した。

その地をすっかり気に入ったマルヴィナは、別荘も建てたのだという。それから毎年ルベウスへ避暑旅行していたらしい。

そしてマルヴィナは、アルベルタの手を握って言った。

『戦争が終わったらヴィクターが私達を迎えに来てくれるそうです。だからその時が来たら、三人でルベウスへワインを呑みに行きましょう。それまで、頑張らなければいけませんね』

それから二年後、楽しく語った夢は叶うこともなく、マルヴィナとアルベルタの生活は静かに幕を閉じる。

大切な人を喪《うしな》い、心に空《あ》いた穴が癒《い》えないまま、アルベルタは十年暮らした住居を追い出された。その頃は毎日のように、雨の中先の見えない道をとぼとぼと歩く悪夢を見続けていた。

なぜ今になってこの夢を、と思ったが、昨日の雨がマルヴィナに別れを告げた日の降り方に似ていたからかもしれない。もしくは、イザドラからルベウスへの旅行に誘われたからかもしれない。

パチンと薪《まき》が爆《は》ぜる音でハッと我に返った。

浴槽に手を入れたら、ちょうどよい湯加減。風呂に入って気持ちを入れ替え、アルベルタは自《みずか》らを奮《ふる》い立たせた。

入浴後、腹に何か入れようと、食堂へ向かった。

早番の使用人達は昨日の大掃除の苦労話と、女子居住区で男の幽霊が出たという話題で盛り上がっていた。

ふと、その幽霊はもしかしてヴィクターでは？　と思ったがもちろん言えるわけもなく――

しっかりと朝食を平らげ、アルベルタは仕事に向かった。

「おはようございます、旦那様」

「……ああ」

昨日、謎の訪問をしてきたヴィクターは、普段通り無表情だった。特に昨日のことは触れられなかったので、たいした用件ではなかったのだろうと、気にしないことにした。

ヴィクターの朝食を机の上に並べ、アイロンのかかった新聞を端に置く。

食事中のヴィクターにアルベルタは話しかけた。

「旦那様、少しだけよろしいでしょうか？」

「なんだ？」

「お願いがあるのですが」

「内容にもよる」

「まだ先の話なのですが、夏季に一週間ほど暇《いとま》をいただけたらと思いまして」

そう言った途端、ヴィクターの眉間《みけん》に深い皺《しわ》が寄る。

「一週間も、何をするというのだ？」

「避暑に行こうかと」

ヴィクターはたちまち不機嫌《ふきげん》になってしまった。アルベルタは手帳を取り出して、毎日記録をつけているお天気欄に『曇り』と書き込み、一日三回つけている旦那様ご機嫌欄には『朝：よろしくない』と記入する。

「旦那様……」

「駄目だ。その時期は忙しい」

良い返事はもらえないことは想定済みだったので、アルベルタはここからが勝負だと思った。

「お土産《みやげ》を沢山買ってくるので、どうかお願いします」

「必要ない」

「ではお土産話《みやげばなし》も追加します」

「もっと要らない」

『うきうきお土産《みやげ》作戦』はあっさり切り捨てられてしまった。工場はこれで休めたのにな、と思いながら、アルベルタは次の作戦を考える。

「旦那様の言うことをなんでも聞きますので」

「普通、使用人は主人の言うことをなんでも聞くものだろうが」

「あ、そうでしたね」

ヴィクターはなかなか首を縦に振ろうとしない。アルベルタはなんだか面倒になったので、最後の手段に出た。

「だったら一緒に行きましょう。ワインの生産地に行こうと思っているのです。旦那様も療養するようにお医者様から言われていたので、ちょうどいいと思いませんか？　仕事は前倒しして、残りはラザレスにお願いしましょう。大奥様もいらっしゃいますし、なんとかなりますよ」

しかし、なかなか主人の渋面《じゅうめん》は解《と》けそうになかった。

「どうして、私まで誘う？」

「だって、そのほうが楽しいでしょう？　お酒だって一人で呑んでも美味《おい》しくありませんし」

「お前は人の前で酒を呑むな！」

ヴィクターの唐突な言葉に、アルベルタはきょとんとした。

「い、いや、なんでもない。忘れろ」

「はあ」

それからアルベルタはしつこくルベウスワインの美味《おい》しさやルベウスの素晴らしい自然について語った。長々と訴えていると、渋い顔をしていたヴィクターもついに折れる。

「わかった、わかった。行けばいいんだろう」

「ありがとうございます!! 楽しみですね、旦那様!!」

アルベルタが珍しく見せる無邪気な笑みに、ヴィクターも満更でもなさそうだ。

「いやあ、これでイザドラお嬢様も喜びます」

「イザドラ?」

「ええ」

「なぜ、イザドラが?」

「避暑旅行に誘ってくださったの、イザドラお嬢様です」

「もしや、私はついでなのか?」

「もしかして、私と二人きりだと思っていました?」

気まずい沈黙が部屋の中を支配する。

アルベルタは誤魔化《ごまか》すように、満面の笑みを浮かべる。

「大丈夫ですよ。旦那様が一番ですから」

「嘘《うそ》つけ!!」

このようにして、夏のイザドラとの避暑旅行――同行者《ヴィクター》のおまけ付き――が決まったのだった。


無事に主人の許しが出て安堵していたアルベルタであったが、今さらながら別の問題に気付く。自室の洗面所へ行き、私服入れの籠《かご》を確認する。中には数枚のシャツとよれよれのズボン、女中頭《じょちゅうがしら》に老婆《ろうば》が穿《は》きそうだと言われたスカートが入っていた。寝間着はもう何年も着ているもので、あちこちから糸くずが出ているという始末。

――夏服が、ない。

この家に来てから何度も遭遇した問題である。

以前コーデリアから、安価な貸衣装など着るなと言われていたので、もう貸衣装屋には頼れない。

それに、執事服は屋敷の外では着られないので、私服だけでなく別荘の中で着る女性物のお仕着《しき》せも必要だった。

アルベルタの身長は女性の平均身長よりも高いので、お仕着《しき》せも特注品でないと合わないだろう。

移動や観光地の散策の時に着る服とお仕着《しき》せを数着、帽子、日傘、旅行鞄《かばん》、寝間着、下着、ハンカチなどの小物、と、必要なものを挙げたらキリがなかった。仕着《しき》せくらいは女中頭《じょちゅうがしら》にお願いして経費で作れそうな気もするが、他は明らかに普段からの準備不足なので自腹は避けられない。

すべて買い集めていたら一気に破産してしまう。

けれど、ルベウスはいつか行きたいと思っていた場所なので、諦めるわけにはいかなかった。

とりあえず女中頭《じょちゅうがしら》に相談して、無理ならば給料の前借りができないか聞いてみることにしよう、とアルベルタは心に決めた。

◇◇◇

本日はヴィクターのかつての同僚、セドリック・ハインツが再訪していた。

客人の向かいに座るヴィクターの機嫌は、あまりよろしくない。なぜなら、出迎えたアルベルタに、「今日は君に会いに来たんだ」と軽口をたたいたからだ。

それにアルベルタが愛想良く応じたのも、不機嫌《ふきげん》の理由の一つである。

時刻は昼前で、男二人きりの食事という、なんとも寂しい状況だった。

給仕係《きゅうじ》はアルベルタ一人で、料理の載った皿を置くたびにセドリックはお礼を言って微笑みかける。アルベルタもお返しとばかりに、柔和な笑顔を見せていた。

当然、ヴィクターは二人のやりとりが面白くない。

セドリックはその様子に、目敏《めざと》く気付く。

「あのさ、なんか怒ってる?」

「別に」

「じゃあさ、聞いてもいいか?」

「何をだ」

「お前が軍人時代に、気持ち悪いほど眺めていた手紙とハンカチの持ち主って、あの娘《こ》なの?」

ヴィクターとセドリックは軍人時代、ほとんどずっと同室だった。

軍人達は休日となれば街に出かけ、戦場で溜まった鬱憤《うっぷん》を発散していたが、根暗《ねくら》だったヴィクターは大人しく部屋で手紙を読んでいるか、ハンカチを見つめているかのどちらかだったのだ。

そんな姿を、セドリックはいつも奇妙に思いつつ眺めていたという。

「けどさあ、名前は同じだけど、家名はハンカチと違っていたよな？　それに、あの執事は異国人だろ？　この辺であんなに肌が白い女はいないからさ。……もしかして、お名前採用、というわけか？」

だんまりを決めこんでいるヴィクターに、セドリックは追い打ちをかける。

「知っているか、ヴィクター。大切な人の代わりなど、誰にもできないってことを」

「……」

痛いところを突かれたヴィクターは、渋面《じゅうめん》を浮かべる。

「まあ、お前がいいのなら口出しはしないがな。でも、まだ彼女をモノにしていないんだろ？　早くしないと横から掻《か》っ攫《さら》われるぞ？」

ヴィクターは無言を貫《つらぬ》いていたが、我慢が限界に達したようで、机をドンッと叩いた。

その時ちょうど、アルベルタが部屋に入ってきた。

二人の間の険悪な空気に気付かない振りをして、食後の紅茶をゆっくりと机に置く。

「あ、キャスティーヌさん、ちょっといいかな？」

さっさと部屋から出ようとしていたアルベルタを、セドリックが呼び止める。アルベルタは憂鬱《ゆううつ》な顔を隠しながら、得意の事務的《ビジネスライク》な笑顔で振り返る。

「こいつさ、今気になる人がいるんだけど、気持ちを伝えられないみたいなんだが、どうしたらいいと思う？」

それを聞いたヴィクターは、動揺して匙《さじ》を落とす。アルベルタはすぐに主人のもとへ駆け寄り、匙《さじ》を拾い上げ新しい物を手渡した。

そして、質問に答えるべく、セドリックに向き直る。

「……それは、わたくしがお答えするようなことではありません」

「いや、本当にどうしたらいいかわからないみたいでさ。相談できる身近な女性もいないって言うから。ああ、じゃあさ、もしも、もしもだ、キャスティーヌさんがヴィクターに求婚されたらどう思う？」

「それは困りますね」

曇りのない笑顔での即答に、セドリックのにやけ顔は一瞬で凍り付いた。

「そ、それは、どうして、かな？」

「わたくしの意見は参考にならないと思いますよ」

「是非とも聞きたいな」

アルベルタはちらりと主人の顔を見る。ヴィクターは全然興味がありません、といったようにそっぽを向いている。

「国へ帰ろうと思っているからですよ」

「あ、やっぱり君は異国の人か」

「ええ」

「そうか、そうだったか」

セドリックは納得したように頷いている。

「もう、よろしいでしょうか？」

「ああ、すまなかったね、どうもありがとう」

アルベルタは何事もなかったかのように一礼をして出ていった。

そのあとの食堂は、悲惨《ひさん》だった。

ヴィクターは無言で懐《ふところ》の拳銃を取り出し、旧友へ銃口を向ける。

セドリックは息を呑んだ。

「うわっ。いや、なんていうか、ごめん！」

「死ね、今すぐに」

「ま、待て。キャスティーヌさんに嫌われているわけじゃなかったじゃないか！」

「頭を撃たれるのと、心臓を撃たれるのと、どちらか一つ選べ」

「待てって！　まだ挽回できるって!!」

セドリックが落ち着かせるように言うと、やっとヴィクターは銃を下ろした。

「お前さあ、キャスティーヌさんを口説いたりとか、アプローチしたりだとか、一切していないだろう？　そんなんで気を引けると思っているのか!?　自分の財産と地位、美貌にどんだけ自信を持っているんだよ！」

セドリックの言う通りだった。

いつも女のほうから勝手にやってくるので、ヴィクターは相手に気に入ってもらえるように努力するなんて考えに至らなかったのだ。

「つまらない矜持《きょうじ》なんぞ捨ててしまえ。国に帰ってしまったら、手も届かなくなるぞ」

朴念仁《ぼくねんじん》なヴィクターに、セドリックは助言《アドバイス》をする。

「まずは贈り物だ。でも、欲しい物を聞くのは駄目だぞ。きっと遠慮するだろうから」

それを聞いたヴィクターは酒を贈ることを考えたが、最近のアルベルタはあまり酒の要求をしなくなっていた。理由を聞けば、これまでもらった酒の分をまだ働いていないからだと言った。

飄々《ひょうひょう》としていて、たまに図太い一面を見せる執事であったが、根は真面目なのだ。

そのため、酒を用意しても受け取らないだろうな、とヴィクターは思った。

「服を贈れ。なんでもいいから服を。寸法はきっと針子《はりこ》が知っているだろう」

酒しか思いつかなかったヴィクターは、目を丸くしている。

「なぜ、服を?」

「彼女だって男の恰好など嫌なはずだ」

「……?」

「あの恰好はお前の趣味じゃあないよな?」

「母が命じたものだ」

「だったら問題ないな。とにかく服だ、ドレスでも色っぽい寝間着でも、なんでもいいから贈れ」

男装を嫌がっているのかはわからないが、以前着飾るのは好きだと言っていたな、とヴィクターは記憶を掘り起こす。

「男の姿で労働を強いられる、そんな不遇の状況で綺麗な服を贈られる。そしてこう言われるんだ——俺の前でだけは、美しいお前でいてくれ、アルベルタ、と。これで彼女もお前にメロメロだ」

親友の気障《きざ》な台詞《せりふ》に鳥肌が立ったが、女性は甘い言葉が大好きなんだから、と念を押される。

「好きな女が、自分が贈った服を着ているのを見るのは素晴らしいものだよ、ヴィクター君。脱がす時はもっと愉快だがな。だから服はできるだけ沢山作ったほうがいい。大量にあっても困らないらしいからな」

まさかそんな単純な作戦で気を引けるわけがないと思うヴィクターだが、何もしなかったらまた後悔してしまうかもしれない。母や妹の服を作っている仕立て屋にドレスと帽子、寝間着の依頼をしようと、ヴィクターは決心したのだった。

その頃、アルベルタは戦いを挑むかのように、女中頭《じょちゅうがしら》のヨランダと向かい合って座っていた。

用件は、旅行の服装についてだった。

「すべて経費で作るのは無理ですね」

「ですよね」

仕着《しき》せくらいは特別に作ることも可能だが、それ以外の普段着は自分で用意したものを着るのが決まりだと言われる。

「そもそも、そういった付添い人は家柄の良い娘から選ぶのが普通です。自分で身なりを整えられない使用人を連れていては、家の品格を疑われますからね」

「……返す言葉もありません」

「そもそもあなたは隣国の貴族でしょうに。どうして普段、あのようなみすぼらしい恰好をしているのですか？」

「なんせ没落貴族ですからね」

そろそろ設定に無理があるかと、アルベルタは考える。母親の実家であるキャスティーヌ伯爵家は没落などしていない。王都から遠く離れた田舎の貴族であるため、戦火に呑まれることはなかったのだ。代々外交官を務める一族の者達は、多大な領地を保有しながら裕福な暮らしをしている。もしもヨランダが隣国の貴族社会に詳しい者だったならば、すぐに嘘《うそ》がバレていただろうと、危機感を覚えた。

そもそも、家を出たての頃は、母親から生活の支援をしたいという内容の手紙が何度も送られてきた。ところが、その当時の彼女には自立心が芽生えており、すべて断っていたのだ。

「家から何も持ってきてはいないのですね？」

「ええ、まあ」

「支援もないと」

「いえ、申し出はあったのですが、断ってしまいました」

アルベルタの言葉が意外だったのか、ヨランダは身を乗り出す。

「それはどうして？」

「嫌なんですよ。誰かに依存して暮らすのが」

「それが普通でしょう？　若い娘なら尚更のこと」

「若い、ね」

アルベルタはふっと苦笑する。

「反応するのはそこではありません！　私から見たらあなたは十分に若い娘です」

アルベルタの両親は険悪な関係だったので、ずっとそれを見てきたアルベルタは、人と人が寄り添って生きることの難しさを知っていた。

ゆえに、アルベルタは一人で生きていける方法を模索し続けてきたのだが、そこまでヨランダに説明するつもりはなかった。

「旅行の供を、別の者に代わってもらっては？」

「いえ、折角イザドラお嬢様が誘ってくれましたし、どうにかして行きたいなと」

アルベルタの決心はなかなか揺るがない。

「本当に、私がこれを言うのは説得力に欠けますが――」

女中頭《じょちゅうがしら》は躊躇《ためら》うことなく言い放つ。

「身のほどを知りなさい。いえ、身をもって痛感した私だからこそ、言える言葉でもあります」

ここでヨランダとの話し合いは終わる。

アルベルタは自分の立場を、否応《いやおう》なく再認識させられることになった。


午後になると、アルベルタは以前誘われていた子爵邸での茶会に向かった。

作ってもらった服をまとい、高価な付け毛を編み込み、伯爵家の馬車で出かける。

都《みやこ》から少し離れた郊外に、子爵邸はあった。なんでも、一年のほとんどは地方の領地にいるため、都《みやこ》の屋敷は簡素なものなのだと子爵夫人は話していた。

「こんにちは、ミス・キャスティーヌ。ようこそおいでくださいました」

「お招きいただいて光栄ですわ。わたくし、今日という日を、とても楽しみにしておりましたの」

「私もよ」

令嬢言葉がするすると違和感なく出てくることを、アルベルタは自分でも不思議に思っていた。

やはり、恰好が恰好だとそれに相応《ふさわ》しい言葉遣いになるのかもしれないな、と考えていると、夫人の背後から可愛らしい娘が顔を出した。

「娘のアビゲイルよ」

「はじめまして！」

紹介された子爵令嬢はまだ十三歳の少女であった。人見知りをしない性格のようで、初対面のアルベルタにどんどん話しかけてくる。

「アルベルタさん、聞いて！　お母様ったらひどいの。二十八歳の伯爵様に、私との結婚を迫ったって。常識的にありえないわ」

「アビゲイル、女性は十六で結婚できるのよ？」

「そんなに年の差がある王子様とお姫様なんていないわよ！」

突然始まった親子喧嘩を、アルベルタは微笑ましい気持ちで眺める。

それに気が付いた子爵夫人は恥ずかしそうに娘を諫《いさ》め、庭にあるお茶会の席へ案内した。

「それにしても、伯爵様にはアルベルタさんっていうお姫様がいるっていうのに、どうして結婚話なんかしたのか理解できないわ」

アビゲイルの勘違いに、思わずアルベルタは笑ってしまう。

「いいえ、わたくしは伯爵様に仕える身です。特別に親密な関係ではありませんわ」

「え？　そうなの？」

「滞在させていただいている代わりに、労働を」

これもコーデリアが決めた設定だ。辞めていった女中の中には貴族の令嬢も多い。アルベルタが執事をしていることを知る貴族と、もしも夜会会場などで鉢合わせになったとしても不自然にならないよう、あらかじめ言い訳を決めていたのだった。

「さあさあ、お茶会を始めましょう」

白薔薇《しろばら》に囲まれた庭園には、日避《ひよ》けのパラソルと机、椅子が置かれ、給仕《きゅうじ》と招待客の令嬢達が微笑んで待っている。

アルベルタは戦場へ行くような気持ちで、お茶会に挑んだ。

茶会はすぐに盛り上がった。社交期ということもあり、話題はもっぱら異性の噂話である。

誰のダンスが上手いだとか、あの人は素敵だけれど爵位を持っていないとか、アルベルタの生活にはまるで役立たない情報が飛び交っている。続いて話題はドレスに移っていく。互いのドレスを褒め称え、それから自身がどれだけ苦労して用意したかも語られる。

「一応、ここにくる前に四着もドレスを作ったの。でもね、田舎《いなか》の店は流行から少し遅れていたみたいで、また作り直し。最悪だわ」

「まあ、今度の夜会には間に合うの？」

「ええ、なんとか。今頃屋敷のお針子《はりこ》が頑張っているわ」

アルベルタは煌《きら》びやかな令嬢の世界を、作り笑いで聞き流していた。

「ねえ、アルベルタさん」

隣に座っていた子爵令嬢アビゲイルが、ひそひそ声でアルベルタに話しかける。

「なんか、自慢話ばかりで退屈だわ」

「そうですの？」

「そうですの〜。お姫様って思ったよりつまらなそうね」

「ふふ」

それからアビゲイルは、アルベルタが普段どんな仕事をしているのか教えてくれとせがんできた。

「基本的には旦那様の身の回りのことすべてを」

「まあ、付きっきりでお世話をするの!?」

「ええ。それからお掃除や洗濯も」

「え、なんで!? それは労働者階級のお仕事でしょう？」

アルベルタは首を振り、本来ならば働くことに身分も何も関係ないのだと説明する。

「もしも、知らない土地に行くことになって、仮に働かなければならなくなった時に、身分が何をしてくれるのでしょうか？　貴族としての誇りや見栄は、困った時には何もしてくれません。……私の祖国では、権力を振りかざす王族や貴族に市民達が反発して、地位を奪われた者も沢山存在します。そういった人々は国を追い出され、知らない土地で働きながら生きていくしかないのです」

アルベルタは語り終わってから、こんな話を十三歳の少女にするものではなかったと反省した。

つまらないことを喋《しゃべ》ってしまったと、アビゲイルに詫びる。

「いいえ、そんなことないわ。ウエストをコルセットで締めて十八インチにした話より、ずっと興味深いお話よ」

それから二人はさまざまな話題で盛り上がる。アビゲイルは最近読んだ恋物語の話をしてくれた。

「煤《すす》かぶりのお姫様って言ってね、ちょっとアルベルタさんの状況に似ているのかもしれないわ」

その話は、美しい娘が継母《ままはは》とその連れ子に苛《いじ》められ、煤塗《すすまみ》れになりながらも懸命に生きるというものだった。

「それでね、舞踏会があってその子も招待されるんだけど、あんたなんかが着ていくドレスはないってひどいことを言われるの。でもね、そんな中で突然魔法使いが現れて、その子を綺麗にしてくれるの。そして、舞踏会に参加できて、王子様に見初《みそ》められてめでたく結婚、って話」

最後のまとめ方が少し強引だったが、アビゲイルの話しぶりから、主人公が苛《いじ》められる場面だけ無駄に力が入っている作品らしいことがわかる。

その話題を最後に、茶会はお開きとなった。

アルベルタはアビゲイルに別れを告げ、馬車に乗り込んだ。


馬車で来たのをいいことに、アルベルタは帰りに寄り道をすることにした。

向かった先は先日ヴィクターと出かけた百貨店ハロッドだった。

相変わらず店の周囲は人で溢《あふ》れ、中も賑《にぎ》わっている。二階の婦人服売り場に行くと、付き人に大量の荷物を持たせた令嬢達が、買い物を楽しんでいた。

アルベルタは既製服を取り扱う店に入り、外出用のドレスを見て、これはお高いだろうなと憂鬱《ゆううつ》になった。

しかも、近づいてきた店員から、アルベルタの身長に合う服は取り扱っていない、と言われてしまう。

予想はしていたものの、アルベルタはショックを受けた。

「当店はオーダーメードもうけたまわっておりますよ」

そう言って店員はカタログと見積書を持ってくる。それを受け取って検討しますと誤魔化《ごまか》し、優雅に微笑みながら店をあとにした。

見積書には、とんでもない金額が書かれていた。

絹の寝間着：十ポンド七シリング

花飾りの帽子：六ポンド三シリング

レースの手袋：四ポンド二シリング

アルベルタの一ヶ月の給料は四ポンド四シリングである。

手袋を買っただけでアルベルタの一ヶ月の給料は消し飛ぶ。恐ろしい世界だと、アルベルタは慄《おのの》いた。

やはり、無理して旅行に行くべきではないのかもしれない、とアルベルタは思い始めた。一人ならば恰好を気にする必要はなく、服代がかからない代わりに、沢山美味《おい》しい酒を呑める。

今回は行けなくても、伯爵家を辞める際の退職金でルベウスへ行くことも可能なのだ。

イザドラには申し訳ないが、今回は諦めようと決意する。

ヨランダの言う通り、身のほどを弁《わきま》えないといけないと、自《みずか》らに言い聞かせながら。

◇◇◇

不幸なことは重なるものである。

アルベルタはヴィクターの寝室《ベッドルーム》の暖炉にペンを落としてしまい、しゃがんで取ろうとするも、うっかりくしゃみをしてしまった。

夏季なので暖炉の中は綺麗だったが、煙突にこびり付いていた煤《すす》が舞い上がって顔が真っ黒になったのだ。

「お前は何をしているのだ」

「……返す言葉もございません」

取り急ぎ顔はハンカチで拭《ぬぐ》ったが、完全に取れるものではないので薄汚れたままだ。

「それで旦那様、用件とは？」

寝室《ベッドルーム》の掃除をしている最中に呼び出され、何か用事を言いつけられるかと思い、手帳とペンを取り出したところだった。

「旦那様？」

ヴィクターの表情はひどく暗い。まさか悪い話ではと思い、アルベルタは神妙な顔で待った。

「いや──ちょっと、そこに、座れ」

「え、ええ」

アルベルタに長椅子を勧め、ヴィクターは煙草を取り出して吸い始める。

主人が煙草を吸う姿を目撃するのは久々だった。もちろん、ここは書斎《ライブラリ》なので文句は言わない。

「服を」と呟《つぶや》くヴィクター。背後に置いてあった手押し車には、大量の箱が積み上がっていた。

「ああ、これを旦那様の衣装部屋に持っていけばいいのですね」

「違う……これは、お前の服だ」

「え？」

よくよく見てみれば包装紙が花柄だったり、赤いリボンがかけられていたりする。紳士物が入っているようには見えない。

アルベルタはわけがわからず戸惑った。

ヴィクター曰《いわ》く、山のように積み上がった箱の中身は服で、すべてアルベルタへの贈り物だという。

「あの、どういうことですか？」

「つべこべ言わずに受け取れ。旅先で、変な恰好でうろつかれたら伯爵家の名前に傷がつくからだ」

ヴィクターの言葉は辛辣《しんらつ》だったが、アルベルタには神からの賜《たまわ》り物のように思えた。

「——旦那様、ありがとうございます!!」

アルベルタは膝をつき、頭《こうべ》を垂れた。

「旅行に着ていく服を持っていなくて、このお話はお断りしなければならないかと、長い間悩んでおりました」

「そ、そうか」

アルベルタの嬉しそうな様子に、ヴィクターは胸を撫《な》で下ろす。

「本当に、このようによくしていただけるなんて……まるで、童話のお姫様のようです」

「なんだ、それは？」

アルベルタはアビゲイルから聞いた物語をヴィクターに語って聞かせる。

「それで、お姫様は舞踏会へ行けるようになったのです。旦那様はまるで物語に出てくる――」

ヴィクターは次の言葉に期待するように、勢いよく顔を上げた。

「魔法使いのようですね！」

「……」

王子ではなく、望みを叶える都合のいい魔法使い……

残酷な配役に肩を落とすヴィクターであったが、ひどく喜んでいるアルベルタの顔を見て、まあいいか、と思うのだった。

◇◇◇

屋敷に新しい女中がやってきた。

「アビゲイル・ジョンです」

先日アルベルタが訪れた子爵家の令嬢アビゲイルが、なんとガーディガン家で働くことになったのだ。

彼女の担当は、ガーディガン伯爵令嬢のお世話役——なのだが。

「イザドラお嬢様、よろしくお願いいたします」

「ええ」

十三歳の少女を前に、十五歳のイザドラはツンと澄ましている。女中頭《じょちゅうがしら》のヨランダはそんな二人を心配そうに見守った。

「——ねえ、この紅茶、不味《まず》くて飲めたものではないわ」

さっそく、イザドラはアビゲイルの紅茶を突き返す。

「も、申し訳ありません」

「もういいわ。全部片付けて。淹《い》れ直す必要もないわ」

「はい」

アビゲイルは震える手先で、手押し車の上に茶器を置く。そして一礼して退室し、ゆっくりと扉を閉めた。

イザドラの侍女が辞めるのは今年で五人目である。

その職に就く者は同じような貴族子女ばかりで、我儘《わがまま》な伯爵令嬢の振る舞いに我慢できない者が続出した。しかしながら、辞めた令嬢側に問題があることが多かった。真面目に使用人業務を覚えようとせず、紅茶一杯上手く淹《い》れることもできない。

はっきりとした性格のイザドラは、その失敗の一つ一つに物申す。したがって、辞めても暮らしに困らないお嬢様が長く続くわけなかったのだ。

アビゲイルは二階の簡易台所で失敗した紅茶を捨てた。そして茶器を盆に載せ、一階の台所まで運ぼうとしたところで、声をかけられる。

「アビゲイル」

振り向けば、そこには執事姿のアルベルタがいた。

「アルベルタさん！」

「貸してごらん」

「あ、はい。ありがとう、ございます」

アビゲイルは手にしていた盆を渡した。

階段を下りながら二人は他愛もない会話をする。

「疲れた？」

「いいえ、ぜんぜん元気よ」

「頼もしいね」

子爵家では社交界デビューを迎えるまでの数年間、花嫁修業の一環として他の貴族の家に奉公へ行くことが伝統となっている。数ある一族の中からガーディガン邸を希望したのは、アビゲイル自身だった。

「でも驚いたわ。アルベルタさん、髪を短くして男の人の恰好で執事をしているんだもの」

茶会の時のアルベルタしか知らないアビゲイルは、執事姿にまだ馴《な》れないようだった。

「どう？　イザドラお嬢様は」

「うん。紅茶の淹《い》れ方を失敗して怒られちゃった」

「そう」

「でもね、私、頑張るよ」

健気《けなげ》な少女に、アルベルタは微笑みながら励ましの言葉をかけた。

一方で、新しい侍女を受け入れたイザドラは面白くなかった。

アビゲイル・ジョン子爵令嬢は、何を言ってもへこたれない、明るく前向きな少女だ。

周囲に打ち解《と》けるのも早く、階下からは彼女の楽しそうな笑い声がよく響いてくる。

素直になれないイザドラは、そんな屈託《くったく》ないアビゲイルが羨《うらや》ましかったのだ。

そして何より気に食わなかったのは……

「アルベルタさん、さっきね、ミセス・コートが紅茶の淹《い》れ方が上手くなったって褒めてくれたの」

「それはすごいね」

「それでね、明日三時間だけ外出許可をくれたのよ」

「だったら前に言っていたアイスクリーム屋に行こうか」

「行きたい!!」

彼女はアルベルタに懐《なつ》いていて、最近は二人一緒にいることも多く、お陰でアルベルタを部屋に招くこともできなくなった。

そんな事情もあって、イザドラはアビゲイルに冷たい態度を取ってしまうのだ。

「ねえ、櫛《くし》の入れ方が雑だわ。見なさい、こんなに毛が抜けているわ」

「も、申し訳ありません」

「ふらふらと浮かれて、遊びまわっているから色々と散漫になるのよ」

アビゲイルは他の侍女と違い、注意すれば次からはきちんと直してくるため、それはイザドラも認めていた。しかし、ついきついことを言ってしまう。

「それで、昨日はどこに出かけていたのかしら？」

アルベルタとの外出が気になっていたイザドラは、何気ないふうを装って聞く。

「アイスクリーム屋に」

「なぜ、アイスクリームをわざわざ店に食べに行くのかしら？　理解できないわ」

「ええ。アイスクリームは家でも出てきます」

貴族の食卓にアイスクリームが並ぶことは比較的多い。肉料理を食べたあとなどの口直しとして出てくるのだ。

「でも、街で売っているものは、いろんな味があるんです!!」

「何よ、それ?」

「家で出てくるのは牛乳そのままの味ですが、街のアイスクリーム屋さんには七種類の味のものが売っているんですよ」

アイスクリームは牛乳の風味がする食べ物だと決まっているため、別の味と言われたイザドラはいまいちピンとこなかった。

「別の味って?」

「えっと、チョコレートに木苺《きいちご》、ミルクティーの風味に、砕いたビスケットが混ざったもの、キャラメルにオレンジ、あとはピーナッツバター味!!」

「へえ、美味《おい》しそ……いえ、お、面白そうね」

「はい!! 昨日はすごく迷っちゃって、木苺《きいちご》味を食べましたが、甘酸《あまず》っぱくて美味《おい》しかったですよ。アルベルタさんのチョコレート味も一口もらいましたが、これも美味《おい》しかったです」

アイスクリームの話に気を取られていたイザドラは、すぐさま我に返って敵対心を再燃させる。

「……あの執事と、随分《ずいぶん》仲の良いこと」

「はい。とっても親切にしていただいております。今度はハロッドに連れていってくれるらしいです」

百貨店ハロッド。国内最大級の商業施設だが、イザドラはまだ行ったことがない。

近々アルベルタを誘おうとしていたため、先を越されてしまった悔しさで奥歯を噛み締める。

「私は、執事と水晶宮殿《クリスタルパレス》へ行ったわ」

なんとなく負けたような気分になったイザドラは、張り合うようにアルベルタとの思い出を語る。

ところが、アビゲイルは楽しそうに聞くだけで、まったく悔しそうではなかった。

「わあ、いいですねえ、水晶宮殿《クリスタルパレス》。私も行ってみたいです。でも、いつもあの凄《すさ》まじい賑《にぎ》わいを見て、怖くなってしまうんですよ」

「別に、中はそこまで混んでいないわ。外にいる人達は、ほとんどが見物客なのよ」

「へ〜、そうなんですか」

「そんなことも、知らないのね」

「そうなんですよ〜、えへ。イザドラお嬢様は、物知りですね！」

そう言われたら、悪い気はしない。

それからなぜか会話が盛り上がり、近いうちに水晶宮殿《クリスタルパレス》に行く約束まで取りつけられてしまった。

「イザドラお嬢様、帰りにはアイスクリーム食べましょうね!!」

「え、ええ。覚えていたら、だけど」

「はい！　楽しみにしております」

この日を境《さかい》に、イザドラとアビゲイルは徐々に距離が近づいていったのだった。

◇◇◇

初めてアビゲイルがイザドラを見たとき、驚きを隠せなかった。

強気な表情の美少女令嬢。縦に巻かれた黒髪は美しく、その視線は鋭い。態度も堂々としたもので、相手に弱みを見せないようにピンと張り詰めた空気をまとっていた。

その姿は、アビゲイルの愛する『煤《すす》かぶり姫』の挿絵の中の、意地悪な連れ子にそっくりである。

彼女に怒られるたびに、アビゲイルは歓喜に震えていた。なぜなら、連れ子に意地悪をされる煤《すす》かぶり姫の気分を、こっそりと堪能していたからだ。

もちろん、怒られて反省していないわけでもなかったので、指摘された部分を直すことも忘れない。幸い、イザドラは物語の意地悪な連れ子のように理不尽な命令をすることは一度もなかったので、アビゲイルは楽しんで働いている。

そんな話をアビゲイルがすると、アルベルタは楽しそうに笑った。

「ふふ、アビゲイル。本当に、あなたは楽しい人だね」

「アルベルタさんには負けるけれど」

「そうかな？」

「ええ」

ひとしきり笑ってから、アルベルタは何かを思い出したかのように口を開いた。

「あ、そうそう。ここのお屋敷にはね、魔法使いもいるんだよ」

「まあ!! どちらにいるのかしら？」

「彼は引き籠《こも》りだから、滅多なことでは会えないかな？」

「へ～、そうなんだあ。でも、姿が見えないほうが魔法使いっぽいわ」

「そうだね」

そんな風に話しながら、アルベルタは上着のポケットの中に手を入れる。

「これは、その魔法使い様から」

アルベルタがそう言って差し出したのは、飴《あめ》の入った小さな缶だった。

「わあ、綺麗」

中には宝石を模《かたど》った飴《あめ》が入っている。アビゲイルはそれを一つ摘まみ、口の中に入れてにっこり笑う。

「アルベルタさんはね」

「ん？」

執事の恰好をするアルベルタを眺めながら、アビゲイルは言った。

「王子様、かしら？」

アルベルタは気を良くしたらしい。休憩室の床に片膝をついて、脱ぎ散らかしたアビゲイルの靴を手の平に載せる。

「——これは、あなたのガラスの靴でしょうか？」

差し出された靴に、アビゲイルは足を入れる。

「まあ、ぴったりだわ！」

「おお、私の姫よ、こんなところに！」

その台詞《せりふ》に、二人で笑い転げる。

このようにして、伯爵家の平和な一日は過ぎていったのだった。

第五章　悪辣執事の、なげやり人生

ある日突然、ヴィクターの部屋にコーデリアが現れ、本日、侯爵家の令嬢との見合いを行《おこな》うと言い放った。

「――は？」

「ですから、お見合いよ」

ヴィクターはとっさに執事を見るが、無表情で紅茶を淹《い》れている。ヴィクターの視線に気付いたアルベルタは、いつもの作り笑いを浮かべた。

そんな二人を眺めながら、コーデリアはため息をつく。

しばらく見ないうちに、明らかにヴィクターは変わった。

まず雰囲気が柔らかくなった。そしてこの頃は、物騒《ぶっそう》な仕込み刀の杖を持ち歩いていない。軍を辞めて十四年振りに帰ってきた時はひどいものだったと、コーデリアは振り返る。

常にピリピリとした空気をまとい、誰も信用しない、近づくことも許さない、といったオーラを放っていたのだ。

しかしながら、今目の前にいるのは、大人しいがどこか頑固なところのある困った息子――かつてのヴィクターだ。そして、わかりやすいほどに執事――アルベルタのことを気にしている。

一方のアルベルタは変わらない態度を貫《つらぬ》いていた。依然として、使用人の鑑《かがみ》のような仕事振りだ。

今となっては、育ちも良く仕事もできる、理想的な執事に思える。

本来ならばアルベルタにヴィクターとの結婚話を持ちかけるのが最善だと、コーデリアも思っていた。しかしアルベルタには、引っかかる点があるのだ。

まずは年齢。アルベルタは現在二十六歳。花嫁は十六歳から二十歳までが理想とされている。百歩譲って年齢には目を瞑《つむ》るにしても、問題はまだある。

彼女の父方の家柄だ。

母方のキャスティーヌ家は、隣国でも一目《いちもく》置かれる名家である。

だが、父方のベイカー子爵は、領民から集めた税金を横領して島送りにされたという。

つまり、彼女は罪を犯した者の血縁者だ。そのため、コーデリアはアルベルタを一族の者として迎え入れるわけにはいかなかった。

ヴィクターは今も、毎日のように届く見合い話を断り続けている。もちろん、アルベルタが来る前から結婚には乗り気ではなかったので、彼女だけが原因であるとは言えない。

だが、このまま伯爵家の当主が未婚というわけにはいかない。ヴィクターもすでに二十八歳であり、結婚適齢期を過ぎようとしていた。

危機感を覚えたコーデリアは勝手に見合いの約束を取り付け、当日まで本人には黙っていたのだ。しかも相手は侯爵家令嬢。向こうがその気になったら断ることなど許されない。

アルベルタが気を利かせて部屋から出ると、コーデリアはヴィクターの痛いところを攻め始めた。

「もう、諦めなさい」

「は？」

「あの娘《こ》に相手にされていないのは、あなたもよくわかっているでしょう？　そんなにあの娘《こ》がいいなら、結婚しても傍《そば》に置くことを許しましょう」

「な!?」

「けれど、それはあなたの嫌いな誰かさんと同じ行為をすることになるのよ。まあ、その点に関して、わたくしは寛大だけれど。いいわ、好きになさい」

結婚する前から恋人がいたヴィクターの父親。その使用人との関係を引き摺《ず》ったままコーデリアと結婚した結果、家庭は壊れてしまった。

コーデリアは嘲笑《あざわら》うように続ける。

「血は争えないのかしらね。使用人を好きになるなんて」

「彼女は貴族だ。平民ではない」

「ええ、そうね」

「結婚ならば、彼女と」

「駄目よ。年齢が行き過ぎているわ。それに、あの子はあなたにまったく興味を持っていないでしょう？　あなたが他の人と結婚してもしなくても、彼女が国に帰ると言えばそれまでなのよ」

ヴィクターはコーデリアの言葉に、ぐうの音《ね》も出ないようだ。

「準備をなさい。今日は付き添いにラザレス……ついでに、アルベルタも連れていきなさい」

「なぜ、彼女まで？」

「これは命令よ。そうね、執事服のままで連れていくといいわ」

「は？」

「相手だって、あなたの趣味を知っていたほうがこのあと付き合いやすいでしょう」

伯爵家の名誉はいいのかと聞かれたコーデリアは、見合い相手は【変わり者の令嬢】なので、気にしないだろうと答える。

「だが――」

「いいから行きなさい！」

こうして【引き籠《こも》りの伯爵《アール》】は、初めての見合いに渋々出かけることになった。

◇◇◇

アングルシィ侯爵家。

当主のギャレット・ウイズリー・アングルシィ侯爵は、女王の諮問《しもん》機関である枢密院《すうみつ》の顧問を務め、国内において絶大な影響力を持つ。貴族達が最も深い関係を持ちたいと望む一族である。

その子どもの一人であるアン・ウイズリー・アングルシィ侯爵令嬢は、今年で十九歳。

国内一と噂される美しさで、伴侶《はんりょ》にと望む声は数多《あまた》あったのだが――どうやら変わり者らしく、今まで婚姻話に興味を持つことは一度もなかったらしい。

とんでもない女との見合い話を持ってきたものだ。ヴィクターは、母親の手腕を恐ろしく思う。

見合いの時間になったので、ヴィクターはアルベルタ、ラザレスと共にアングルシィ侯爵家にやってきた。

都《みやこ》の郊外に位置する、素晴らしい邸宅と庭園。

侯爵家の執事は三人を案内しつつ、地方の田舎屋敷《カントリーハウス》はここ以上の規模であること、アン・ウイズリー・アングルシィ侯爵令嬢は国内一の美女で、教養深く穏やかな方であることを自慢げに語った。

そして応接間《ドローイングルーム》へ導かれた三人は、無表情のアン・ウイズリーに迎えられた。確かに見たこともないほど美しい女性だが、その表情から考えていることは読み取れない。

一通り挨拶《あいさつ》を済ませ、「あとは若い二人で」と迷路のような庭園に追い出されたヴィクターとアン。

空はあいにくの曇天《どんてん》。まるでヴィクターの心情を表しているようだった。

庭にはさまざまな種類の草花が、これでもかと茂っている。庭師自慢の苑池《えんち》だと、先ほど執事が語っていた。

ヴィクターは前に購入した杖をついて歩いていたが、ひどく心許《こころもと》なかった。侯爵令嬢が腕に手を添えているのも原因の一つかもしれないと考える。

足場が悪いからと、侍女がアンの手を取ってヴィクターの腕に絡ませたのだ。

そして、無言の時間が続く。

二人共、ひたすら押し黙ったまま、少しだけ湿った草を踏みつけながら進む。

密着しているのに、そこに甘い雰囲気は皆無だった。しばらく歩くと庭園のあずまやがあったので、そこで休憩を取ることにした。

若い二人で、とは言われたものの、背後には従者達《ヴァレット》が見える。

彼らはばたばたと忙《せわ》しなく動き回り、すぐにお茶とお菓子が運ばれてきた。

ヴィクターは勝手に煙草を吸い、アンはぼうっと庭を眺めている。

なんとなく、アンが嫁がない理由を察する。彼女はとても無愛想だった。

このまま一言も喋《しゃべ》らないで終わると思っていたが、意外なことにアンのほうから話しかけてきた。ヴィクターの従者《ヴァレット》としてついてきたラザレスを指差している。

「あの、従者《ヴァレット》の名は？」

「ラザレス。アーチボルト子爵家の三男」

「アーチボルト家の、三男……」

　庭を見ているのかと思いきや、アンは控えているラザレスを見ていたようだ。

「彼に、婚約者は？」

「いない」

「……そう」

　それからアルベルタを指し示す。

「男装の、彼女は？」

「アルベルタ・フラン・ド・キャスティーヌ」

「隣国人？」

「そうだ」

　会話に困ったヴィクターは、アンが興味を持ったのをいいことに、二人を呼び寄せる。

　アンは無表情のまま、アルベルタの名を呼んだ。

「アルベルタ・フラン・ド・キャスティーヌ」

「はい」

　アンにフルネームで呼ばれ、アルベルタは驚きを隠して返事をする。

「お前、なぜ、男装をしている？」

「執事ですので」

アルベルタは若干身構えたようだが、アンはそれ以上聞くことはなかった。それどころか、アルベルタの姿を見ながら頷いている。

「よく、似合っている」

「あ、ありがとう、ございます」

ヴィクターは会話に入ることはなく、呑気に見守っているだけだったが、そのあとに続いた想定外の言葉にぎょっとする。

「それで、キャスティーヌ。うちで、働かないか？」

「え？」

「おい！」

ヴィクターはアンをひと睨《にら》みして、制止する。

「アン・ウイズリー。使用人の引き抜きは止めてもらえるか」

「なぜ？　決めるのは、使用人自身だ」

「お前も、頼りにしている使用人がいなくなれば、困るだろうが」

「それは……確かに、困る」

アンはちらっとアルベルタを見て呟《つぶや》いた。が、すぐにハッとした様子で、再びアルベルタを見上げる。

「ん？　キャスティーヌ？」

アンは急に眉間《みけん》に皺《しわ》を寄せ、考えごとをしている。

「アルベルタ・フラン・ド・キャスティーヌ。なぜ、隣国の大貴族の娘が、ここにいる？」

アルベルタは顔が引き攣《つ》った。ヴィクターが代わりに説明をする。

「彼女の家は没落した」

「没落？　あの、キャスティーヌ家が？　まさか、そんなわけ、あるはずが――」

アンの様子を不思議に思ったヴィクターは、アルベルタの顔を見た。

彼女は顔面蒼白《がんめんそうはく》だった。額には汗が浮かんでいる。

「おい、どうした」

ヴィクターが具合でも悪いのかと聞こうとしたその時――背後で陶器の割れる音が響く。ラザレスが盆の茶器を落としてしまったのだ。侯爵家の使用人達が、瞬《また》く間に破片を片付けていく。

ヴィクターは呆れ顔でラザレスを呼び寄せ、騒ぎを起こした罰として適当に話題を提供しろと命じた。

「割った茶器代は弁償しますので、どうか罰はご容赦を」

「つべこべ言わずに喋《しゃべ》れ」

「いや、でも、旦那様達が興味ある話なんて――」

「いいから話せと言っている」

ラザレスは憂鬱《ゆううつ》そうに、流行《はや》りの焼き菓子屋にパン屋、喫茶店、雑貨屋など、街の耳より情報を語った。

当然ながら、ヴィクターもアンもまったく興味を示さなかった。

「つまらんな」

「――だ、だから、言ったじゃないですか！」

ラザレスは頭を抱えて地面に膝をつく。

その様子を目《ま》の当たりにしてなお、無慈悲にもヴィクターは他の話題はないのかと聞いてきた。

「もう無理ですって！」

「ちょっとは努力をしろ」

「ああ、もう～～」

涙目になったラザレスを見て、アンが突然笑い出した。

「……よかったな、ラザレス。お嬢様を笑わせることができて」

「あれ、絶対に馬鹿にされているんですよ！」

ヴィクターは話の途中でアルベルタをチラリと見る。顔色は元に戻っていた。けれど、表情は暗いままだ。

こうして侯爵令嬢アン・ウイズリーとの見合いは、ハプニングに見舞われながらも賑《にぎ》やかに幕を閉じたのだった。


帰宅後、ヴィクターは母親に見合いの報告をする。

「――結果を言えば、失敗だ。侯爵令嬢はラザレスを気に入ったようだ」

「あなた、一体何をやっているの？」

ヴィクターの予想通り、コーデリアは手厳しく非難した。

「侯爵令嬢と子爵家の三男では上手くいくわけがないわ。爵位を継ぐ者以外は碌《ろく》に財産分与なんてされないのに」

ラザレスの実家であるアーチボルト子爵家は、コーデリアの生家でもある。子爵家の財政状況を把握していたので、二人の結婚など上手くいくはずがないと断言する。

「まあ、よくて領地の田舎屋敷《カントリーハウス》をもらえるくらいじゃないかしら？　誰も受け取りたがらない百年物のおんぼろ屋敷とか」

「悲惨《ひさん》だな」

「でもラザレスも悪いのよ？　せっかく高い学費をかけて寄宿学校を卒業したのに、大学に進まないで従僕《フットマン》になるなんて」

財産を受け取る権利のない貴族の次男以下は、基本的に自分の力でお金を稼がなければならない。そういった者達は大学まで進み、弁護士、医者、軍人、聖職者などの高収入の職に就く場合が多かった。ところが、ラザレスは勉強を嫌い、寄宿学校の成績もひどいものだったらしい。就職先に困っていたので、仕方なく伯爵家で雇うことになったというわけだ。

「ちなみに、あの子の年収は？」

「四十ポンド以下」

「侯爵令嬢の一ヶ月分のドレス代にもならないわね」

いつの間にかラザレスの結婚問題に頭を悩ませていたコーデリアは、無理矢理この話を終わらせる。

「もう、いいわ。あの子は侯爵家に差し出しましょう。婿入りすれば財産も要らないでしょう！」

そう言い切って、はあ、とため息をつくコーデリア。

「……このわたくしが、行きたくもないお茶会で、侯爵夫人に媚《こび》を売ってきたというのに、なんなの、この体《てい》たらくは!!」

今日ばかりは、ヴィクターも母親に反論することができなかった。

一方、休憩室では悲惨《ひさん》な様子の男が一人、項垂《うなだ》れていた。

「おめでとう、ラザレス」

アルベルタがお祝いの言葉をかける。けれど、ラザレスはまったく嬉しそうではない。

「ラザレス、どうしたの?」

ポンポンと背中を叩くと、ラザレスは情けない顔で見上げてきた。

「だって、わけがわからねえんだよ。侯爵令嬢と結婚⁉　ただの子爵家三男である俺が⁉」

「心中は、察するよ」

ラザレスは深いため息をつきながら、どうしてこうなったのだと頭を抱える。

「別に、顔が特別良いわけでもないし、頭も悪いし、仕事もただの従僕《フットマン》だ。どうして、本当にどうして好意を持たれたのか……」

「それは、なんとなく一目見て雰囲気に惹かれたり、声が好きだったり、立ち姿がどうしようもなく好みだったり、まあ、恋は理屈では説明できないからね」

「でも、付き合ってみたら性格が気に入らなくて、あとからやっぱ無理、ってなるかもしれない」

そう言ったラザレスの背中を、アルベルタは再び叩いた。

「ラザレスなら大丈夫だと思うな」

「なんだよ、それ」

今や世界一の幸せ者と噂される男は、まだ困惑したままだ。

「……お前は、あるのか、そういうの」

「理屈では説明できない恋?」

「ああ」

「あるよ」

まさかこの執事も恋をすることがあるのかと、ラザレスは驚きを隠せない様子だ。

そんな失礼なラザレスに、アルベルタは渋面《じゅうめん》を向ける。

「変かな?」

「いや、なんか、意外で……。一体、そいつのどんなところを好きになったんだ?」

「その人の書いた文字とか文章が好みだったり、家族を大切に思う優しい心が、好きだったり、ね」

「そ、そうか」

「もう、何年も前の、終わった話だよ」

◇◇◇

ある日の午後、アルベルタは時計を確認すると、ヴィクターに声をかけた。

「旦那様、お客様がお待ちです」

だが、ヴィクターは一人掛けの椅子にどっかりと座ったまま動く気配がない。

「旦那様」

「何度も言わなくてもわかっている」

見合いから帰ったあと、ヴィクターは手が付けられないほど不機嫌《ふきげん》だった。

コーデリアから見合いの場での不手際を責められ、またもや見合いをするよう、強要されたのだ。

親子喧嘩に巻き込まれる形となったアルベルタは、ため息を堪《こら》えつつ主人を急《せ》かす。

ふと机の上を見ると、タイが置いたままだったので、主人に差し出した。

「旦那様、タイをお召しになってください」

よく見ればボタンも上から二つほど開いている。アルベルタは、ヴィクターの吐く煙草の煙に顔をしかめた。

タイを受け取ってもらえないので、仕方なく主人の前に回り込む。

「ちょっと、失礼しますね」

勝手にヴィクターの手から煙草を抜き取って灰皿に押し付ける。積み上がっていた吸殻の山が崩れたが、気にしている暇はない。

ボタンを留めて、タイを結ぶためにヴィクターの首に腕を回す。

ふと目が合い、気まずく思ったアルベルタは口を開いた。

「一体、どうなさったのですか？」

「憂鬱《ゆううつ》なだけだ」

「お見合いが、でしょうか？」

「他に何がある。母の様子だとおそらく、近いうちに結婚話がまとまるだろう。……それについてお前は、どう思う？」

「おめでたいお話です。いいと思いますよ」

その言葉を聞いたヴィクターは、顔を歪《ゆが》める。

タイの調整をしようと、アルベルタは体を離そうとした。

ところがその瞬間、腰に手を回され、身動きがとれなくなった。

そのまま力強く引き寄せられるが、アルベルタは椅子の座面に片膝をついてなんとか押し留まる。

「旦那様、どうかなされたのですか？」

突然の不可解な行動にも、アルベルタは平然としていた。困った子どもを相手にするような、優しい声色で問いかける。

「旦那様？」

「祖国が、平和になったら、帰るのか？」

「……え？　それは、ええ、まあ」

「お前は、よく働いてくれている。この国に、ここに残るというのは――」

「ありえませんね」

腕の拘束がさらに強まるが、アルベルタも負けない。

「旦那様、これ以上お客様を待たせるのは――」

「別に構わない。領地の親戚だ」

「ですが、待たせるにも限界があります」

「何時間でも待たせておけばいい」

その言葉に、アルベルタは呆れ返った。

一方のヴィクターは、何としてでもアルベルタを引き止めようと、必死だった。

今までのように遠まわしに好意を寄せるだけでは不十分だとわかっていたが、ヴィクターはどうしたらいいかわからなかった。

「――ここに、残ってくれ。国には帰るな」

ヴィクターはすでに自棄《やけ》になっていた。

たとえ父親と同じようになったって構わない。使用人でもいいから自分の傍《そば》にいてほしかった。

彼女がアルベルタ・ベイカーかどうかなんて、もうどうでもいい。

しかしながら、アルベルタはそんな状況でも冷静だった。

「無理ですね」

にべもない返事をする。

「旦那様、困ります。お戯《たわむ》れもほどほどに」

力を少し緩めれば、アルベルタがタイをぎゅっと締めて位置を調節してくれる。

「……お前が、隣国の者であることは、間違いないのだな？」

「ええ。お疑いでしたら国から身分証明書を取り寄せましょうか？　戦時中ゆえ、時間がかかると思いますが」

「いや、だったら問題はない」

ヴィクターはそう言って、アルベルタをさらに引き寄せた。

不可解な質問にすっかり油断したアルベルタは、ヴィクターに抱きしめられてしまった。

「旦那様！」

責めるように叫ぶが、聞き入れられるわけがない。

突き飛ばそうとした瞬間、ヴィクターの手が震えているのに気付き、仕方なく黙ったまま抱きしめられていた。

しばらくすると、腰に回されていた左手が顎《あご》に添えられて、ハッとする。

近づいてきていたヴィクターの口元を、アルベルタは素早く手で覆《おお》った。

驚きの表情のヴィクターに、アルベルタは精一杯、冷静に振る舞った。

「旦那様、こういったことは、業務に含まれておりません」

肩を強く押し、距離を取る。

そして絶望に染まった主人の顔を見て、アルベルタは嘲笑《あざわら》うような笑みを浮かべた。

「お前は、どうして……」

掠《かす》れるような声に、アルベルタは答えない。

どんなに冷たく睨《にら》んでも、ヴィクターは離れようとしなかった。

「――旦那様」

このままではどうしようもないと思ったアルベルタは、ふと妙案を思いつく。

おもむろにヴィクターの上着の内ポケットに手を差し込み、財布を取り出す。そして金色の硬貨を一枚抜き取った。

それをヴィクターに見せつけながら、アルベルタは満面の笑みで言う。

「どうしても、というのなら、先払いでお願いいたします」

それを聞いたヴィクターは、目を見開いた。

舌打ちをして、アルベルタの持っている金貨を奪い取る。

「この、悪辣執事が！」

ヴィクターはそう言い捨てて、毟《むし》り取った金貨をアルベルタの胸ポケットへ捻《ね》じ込み、歪《ゆが》められた彼女の唇に口付ける。

アルベルタはその行為を大人しく受け入れたのだった。

休憩時間になったアルベルタは、早足で階段をかけ上がり、自室へ向かった。

部屋に入り鍵をかけると、扉に背中を預け深いため息をつく。

途端に膝の力が抜けていき、ずるりとその場に蹲《うずくま》った。

ドクドクと激しい鼓動を打つ胸は、簡単に治まりそうにない。

ヴィクターの突然のキスは、彼女にとって驚くべきものであった。あの場で冷静な対応ができたことを、奇跡のように思う。

金を取ると言えば諦めるだろうと思ったのに、ヴィクターはあっさりと要求を呑んだ。

アルベルタにとって人生で初めてのキスであったが、ヴィクターが取引に応じた瞬間に、もうどうでもいいやと、なげやりになってしまった。

アルベルタは薄暗い部屋の中で、どうしてこんなことになってしまったのかと、一人頭を抱えた。

その後も、アルベルタは今までと同じ態度で主人に仕えている。

アルベルタの様子に、流石《さすが》のヴィクターもあんなことなどしなければよかったと、後悔していた。

先日の行為を思い出すと、最後まで彼女は冷静そのもので、酔っていたのは自分だけであったと、ヴィクターは自《みずか》らを嗤笑《ししょう》した。

「旦那様、本日もお見合い話が五件、届いております」

「処分しろ」

「ですが、どの御方も素晴らしいご令嬢のようで――」

「うるさい！」

これは、二人の間で毎日繰り広げられる会話である。

ヴィクターは執事から見合い相手の身上書を奪い取り、ゴミ箱に放り込んだ。そんな主人にアルベルタは呆れ顔だ。

二人は依然として、まったく噛み合っていなかった。

◇◇◇

本日は、財のある伯爵家の当主に商品を売り込むため、商人が訪問している。

「こちらが、わが社が仕入れたばかりの新作、蒸気自動車でございます！」

大量に広げられたカタログの中で、一番値の張る品を買ってもらおうと、商人は手揉みしながら勧めてくる。

それに対してヴィクターは、いまいち食いつきがよくない。胡散臭《うさんくさ》そうに商人の説明を聞いている。

「蒸気機関と言ったらとにかく起動までに時間がかかる、というイメージですが、なんとこちらの最新機は、たった五分、たった五分という短時間での起動が可能となりました！　こちらはすべて輸入品です。おすすめはエトワール号というもので、二人乗りとなっております。お値段は、え〜っと、こちらでして」

カタログに書いてあったのはとんでもない金額であった。馬車を買い、維持する費用の倍である。

「いかがでしょうか？」

「まったくもって必要ないな」

「は、はあ、ではまた次の機会に」

客人のいなくなった部屋で、ヴィクターは煙草の煙と共にため息を吐き出す。

先ほどの商人は祖父の代から定期的にやってきていたが、いつも質が悪く高い品ばかり買わせようとする悪徳商会だった。相手をするのも疲れるが、なかなか手を切れずにいる。

商人を見送りに行っていた執事が部屋に戻り、新しい紅茶を机の上に置いた。

ヴィクターはすぐに煙草を消し、淹《い》れたての茶を一口飲む。

「旦那様、蒸気自動車は買われないのですか？」

「ああ、特に必要もないだろう」

「ですが、すごいですよね。馬もなしに速く走れるなんて」

「いや、街中《まちなか》ではあまり速く走れない」

蒸気自動車が出始めた頃、馬車と車の事故が多発していた。自動車が発する騒音に馬が驚いて暴れ出し、道路が混乱の渦に巻き込まれたのだ。市民からも苦情が相次ぎ、蒸気自動車は人の歩く速度より速く走ってはいけないという法律も制定されることとなった。

そんな騒ぎもあってか、蒸気自動車は国内ではいまいち普及していない。

「へえ、そうなんですか。だとしたら、この国の自動車技術は他の国よりも遅れてしまいそうですよね」

「残念ながらすでに遅れている。このカタログにある品はほとんどが輸入品だ」

「この国の人々は保守的なんですね」

「そうだな。だが、近い将来、車が馬に取って代わる日が来るだろう。もしも、大衆向けの車が発売されたら考える」

車を購入する意思がないとわかり、若干がっかりした様子を見せるアルベルタ。

「旦那様も結局は保守的なんですね」

「こういう出始めの品は大抵壊れやすい」

「左様でございましたか」

ヴィクターは、蒸気自動車のカタログを処分するようにとアルベルタに押し付けた。

休憩中、アルベルタがパラパラと蒸気自動車のカタログを見ていると、ラザレスが覗《のぞ》き込んできた。

「何を見ているんだ？」

「蒸気自動車」

うきうきと写真付きのカタログを見せるが、ラザレスの反応は薄いものであった。

「興味ないの？」

「興味があっても買える代物《しろもの》じゃないだろうが」

「まあね。でも、夢があるとは思わない？」

「まず、値段に夢がない。金額のマルを数えるたびに現実に引き戻されるような気がする」

「確かに」

現実的なラザレスには共感を得られなかったが、アルベルタは文明の利器を楽しそうに眺める。

しばしのんびりした時間が流れていたが、ラザレスの振ってきた話題によって終わりを告げる。

「そう言えば――お前、本当に一年契約でここを辞めるのか？」

アルベルタがガーディガン伯爵家に来てから、今日でちょうど半年目だった。契約期間は一年なので、残り半年。契約主であるコーデリアは何も言わないが、アルベルタの心は最初から決まっていた。

「そうだね。残りの半年もいるかどうか」

「え？　なんで？」

アルベルタは笑顔で誤魔化《ごまか》そうとしたが、ラザレスが追及する。

「おい、どういうことだよ。理由は？」

「……なんだか、嘘《うそ》をつき続けるのがきついかなって」

生まれた国を偽《いつわ》り、経歴を隠し、本心さえも語らないで暮らすというのは辛いものであった。

最近は社交界の付き合いも増え、母親の祖国について聞かれることも多くなり、アルベルタの知る情報だけでは対応が苦しくなっていた。

「だったらさ、アンの、侯爵家で働かないか？　頼んで仕事ができるようにしてやるよ」

「でも、国に帰るって設定だから、できれば遠くに行こうと思っていて……。それに、アンお嬢様はキャスティーヌ家を知っているようだから、あまりお近づきにはなりたくないな、と」

「そうか……。じゃあまた、工場とかで働くのか？」

伯爵家での豊かな生活環境から、工場の劣悪な環境に戻るのは大変なことだろうとわかってはいたものの、女性が就ける職業は限られている。

貴族の家で働くには紹介状が必要になるが、契約の途中で辞めたら紹介状を書いてもらえるわけがない。

それに加え、アルベルタは人に仕える仕事はもうこりごりだと思っていた。

「アルベルタ、だったらさ」

「ん？」

「うちの叔父さんのところで働かないか？　すげー田舎《いなか》の築百五十年以上の古城に住ん

でいて、近所から吸血鬼の城って言われているんだけどさ」

「それはすごいね」

「ああ。叔父さん自身もさ、なんかいつも顔色悪くて、おまけに独身で、住んでいる人も吸血鬼っぽいから余計に噂も広まっちゃって。それであまり働きたいって人がいないんだよ」

「……そう。それはまた楽しそうなところだね」

アルベルタの顔は、依然として浮かないものであった。

「工場なんか止めろよ。あそこは貴族であるお前が働く場所じゃねえって」

「働く場所や職種に、貴族とか平民とか、そういうのは関係ないと思うな」

「けどさ——いや、言いたいのはそういうことじゃなくって、そういう、なんていうの？誰にも頼らないで生きようとか、一人で静かに暮らしたいとか、何かをする前に諦めて、もういいやって人生なげやりなの、いい加減止めろよ」

「ラザレス……」

アルベルタはラザレスの真剣な顔を見上げた。

「職場だって、遠くの知り合いを紹介してくれって、叔母さんに頼むこともできるだろう？　人に仕えるのが嫌なら、国の母親を頼ればいいのに」

痛いところを突かれたアルベルタは、言葉を失ってしまう。

しかしながら、物心ついた時から不仲だった両親や、この伯爵家の複雑な人間関係を目《ま》の当たりにしていたら、どうしても誰かに頼って生きようと思えなくなっていたのだ。

「ラザレス、ありがとう。もう少し、考えてみるよ」

「本当か？」

「うん、本当」

信用できないというように、ラザレスはじっと見つめる。

「大丈夫。考えがまとまったら相談するから」

「怪しい」

「信じてよ」

今までことあるごとになげやりな言動を繰り返してきたせいか、なかなか解放してもらえなかった。アルベルタは仕方なく、カタログの白紙部分に『必ず進路相談します』という誓いの言葉を書いた。

「ラザレス、これでいい？」

「違反の場合は一番大事にしている酒を献上する、だと？」

「そう。駄目？」

「わかったよ。それまで酒は預かっておくから」

「え？」

こうして、アルベルタは大事に取っていた高級ワインを質として取られてしまい、私室の地下保存庫が寂しくなってしまった。

アルベルタにとっては非常に残念だったが、結局は自分のせいだと納得し、これを機に真剣に進路を考えようと心に決めた。

◇◇◇

ところ変わって伯爵家当主の私室では、神妙な顔のヴィクターが一人で机の上の紙片を見つめていた。

それは、オペラの観劇券だった。

これは先日商人から購入したもので、もちろんアルベルタを誘うために手に入れたものである。

『このままの関係ではいけない』

そう思ったヴィクターは、起死回生案として観劇に誘うという作戦を立てたのだ。

金貨一枚の取引のあと、彼の罪悪感は日に日に増していた。

しかし、券に書かれた日付は明日である。

観劇券を購入してから、ずっと誘えずにいたのだ。

今日こそはと思っていたのに、無残にも一日が終わってしまう。ヴィクターは、明日こそと決意を固め、寝台に横になった。

しかし結局、一晩中眠ることができず、執事が来る前にのろのろと起き上がって着替える。背筋を伸ばして深呼吸をしてみるものの、昨夜の決意はもう消えていた。


ヴィクターが朝食を終え、アルベルタが一日の予定を読み上げる。

「本日は面会予定もありませんし、急ぎの仕事もないようです」

「わかった」

「旦那様、たまにはゆっくりされたらいかがですか？」

今日のために予定も入れず、仕事も片付けておいたのだ。だが、それもすべて無駄になった。

「どうかされたのですか？」

そわそわと落ち着きのないヴィクターに、アルベルタの訝《いぶか》しげな視線が突き刺さる。

「今日は――」

言葉を途中で切り、懐《ふところ》から二枚のチケットを取り出し、アルベルタへ差し出した。

「イザドラと、遊びに行ってくるといい」

ヴィクターはやっとのことで、オペラの観劇券をアルベルタに渡すことができた。

しかし、結局一緒に行くのは諦めたのだ。

謝罪のつもりで買った観劇券であったが、自分が楽しんでは詫びにはならないだろうと考えたからだった。決して誘う勇気がなかったわけではないと、自《みずか》らに言い聞かせる。

券を受け取ったアルベルタは、思いのほか嬉しそうな顔をしている。

「よろしいのでしょうか？」

「いいから行ってこい」

「ありがとうございます。一度行って見たかったんです。大劇場のオペラを」

「そうか」

「でも、今日ですか」

急な予定にアルベルタは困惑している。ヴィクターは気にせずに行けと命じる。

「……もしかして、誰かを誘ってお断りされたのでしょうか？」

引き籠《こも》りの主人にそんな相手がいただろうかと、アルベルタは首を傾げる。

核心を衝《つ》かれて紅茶をかき混ぜていた匙《さじ》を落としてしまった。

正確には誘ってすらいなかったが。

「なんでもいいだろう。……あれも誘えばいい。イザドラの侍女の、なんだ、犬みたいな名前の」

「アビゲイル・ジョン？」

「ああ、ジョン、だ。入り口で言えば使用人の一人や二人くらいは入れる」

「そうなんですか」

「二階の露台席《バルコニー》だから、追加の椅子を用意してもらえ」

二階の個室席は舞台側に張り出した造りで、会場に十室しかないという特別な席らしい。

「それだったら旦那様も行きましょうよ」

アルベルタの言葉に、ヴィクターは一瞬喜んだが、謝罪が目的であることを思い出し目を伏せる。

「……人が多いところは苦手だ」

「ではなぜ、オペラを観に行こうと思ったのですか？」

「彼女が、人の多い賑《にぎ》わったところが好きだと言っていたからだ」

「左様でございましたか」

もしかしたら気が付くかと期待し、アルベルタが以前言っていたことを伝えてみたが、執事はそっけない反応を示すばかりであった。見切り発車の作戦は大失敗。他の女性のことを言っていると勘違いされたかと、ヴィクターは深く落ち込む。

そんな様子を見かねて、アルベルタは明るく言った。

「やっぱり、旦那様も行きましょう」

「いや、私は」

「イザドラお嬢様も喜びますし、私も、一緒のほうが楽しめます」

俯《うつむ》いていたヴィクターであったが、アルベルタの言葉を聞いてハッとしたように顔を上げる。

「主人を置いて一人だけ遊びに行くのは気が引けますし」

またしても期待はすぐに打ち砕かれた。

「そ、そうか」

がっくりと肩を落とすヴィクター。

アルベルタの満面の笑みに負け、結局、オペラ観劇に行くことになったのだった。

ヴィクターと出かけることになったイザドラは、当然のごとく喜んだ。

傍《そば》に控えるアビゲイルも嬉しそうである。

「お嬢様、よかったですねぇ」

「ま、まあ、お兄様がどうしてもと言うのなら、行ってさしあげてもよろしくってよ」

「ですがイザドラ様、誘うのが当日って、絶対穴埋めですよね」

イザドラはアビゲイルを振り返り、「何か言って？」とジロリと睨《にら》みつける。

「いいえ～なんでも～。ドレス選んできますね」

アビゲイルが衣装部屋に行ったのを確認すると、イザドラはアルベルタに椅子を勧めた。

「アルベルタ、少しお話をしましょう？」

「私でよろしければ」

執事は恭《うやうや》しく頭《こうべ》を垂れる。

紅茶を淹《い》れ、ちょっとした茶会となった。菓子は焼きたてのビスケットである。

「ふふ、お兄様とお出かけなんて夢みたい」

「急なお話ですが」

「いいのよ。穴埋めでも、なんでも」

アビゲイルがいなくなると、イザドラは途端に素直になる。年下の前では上手く自分を出せないのだと、本人も自覚しているようだ。

「これも、いつか治すわ」

「ゆっくりでいいのですよ」

「ええ、ありがとう」

それから、静かな時間が流れる。

オペラの観劇券を眺めながら、イザドラは年頃の娘らしい笑みを浮かべていた。

「オペラ観劇、一度してみたかったの」

「私もです」

「あなたも初めてなのね」

「ええ」

雪深いアルベルタの故郷に、娯楽は何もなかった。

蒸気自動車どころか、馬車もあまり走っていない。移動手段と言えば、ソリに乗って犬に引かせることが当たり前だった。

「旦那様も初めて行くとおっしゃっていましたよ」

「そうなのね。あ、お兄様といえば！　前に、私の誕生日の日に、聞いたわよね？　お兄様が変わった理由を。そろそろ気付いたかしら?」

「い、いいえ、それが、まだ……」

イザドラは以前、兄の穏やかな変化について、アルベルタにその理由がわかるか、問いかけていたのだ。

「あなたはちっともお兄様のことを見ていないのね」

イザドラの言葉に、アルベルタは目を丸くする。

「いいえ、そんなことはありません」

「そんなことあるわ。前から思っていたけれど、あなたはお兄様が眼中にないのよ。だから変化にも気付かないの!」

そう言われてみると、確かにアルベルタは否定できなかった。

コーデリアから、仕事をする上で必要以上に気にかけるなと釘《くぎ》を刺されていたのも関係している。

「私ね、お兄様がこの家に帰ってくる前に、お母様にどういう人か聞いたことがあるの」

コーデリアはヴィクターをこう評したという。

――基本的には大人しいが、ひどく頑固で気難しい面もある。さらに、自分では解決できないどうしようもない問題に直面すると自棄《やけ》を起こす場合もあると。

「十数年前、あることがきっかけで自棄《やけ》になって、お兄様は軍人になってしまった」

イザドラの表情と声色が、一気に暗くなった。

もしかしたら出生について知ってしまったのかもしれないと思ったが、アルベルタが口出しできる問題ではなかったので、気付かない振りをした。

「これから先、結婚とか、他にもお兄様に色々な問題が降りかかってくると思うの」

ヴィクターはすでに見合い絡みで自棄《やけ》を起こしていたが、アルベルタは極力顔に出さないように努めた。

ヴィクターをいつも近くで見ているアルベルタは、自棄《やけ》になるのも仕方がないと諦めていた。

「――それで、そうなった時にあなたにお兄様を支えてほしいって、思っているのよ。……勝手な話だけれど」

ここには残り半年しかいないのに、安請け合いしてもいいものかと、アルベルタは迷った。

けれど断れば、変わろうとしているイザドラの気持ちを砕いてしまうような気がした。

アルベルタは曖昧《あいまい》に微笑んで、誤魔化《ごまか》すことにした。

「お兄様は口数が少なくて、何を考えているのかわからないから、色々と誤解を与えてしまうと思うの。だから、きちんと見ていてくれる?」

「……ええ、時間の許す限り」

「よかった」

安堵するイザドラを見ると、アルベルタの胸はズキリと痛んだ。

都《みやこ》の中央街にあるオペラハウスの前は、馬車が渋滞していた。このままでは開演時間に間に合わないので、馬車から降りて歩くことにする。

「まあ、お兄様、見てくださる!? あれは神話時代の大神殿を真似て造ったものでしてよ」

「イザドラ、逸《はぐ》れるから離れるな」

初めて訪れるオペラハウスにイザドラは興奮を隠せずにいた。

逸《はぐ》れたら大変だからと、ヴィクターは妹の手を握って歩いている。

「イザドラお嬢様ったら、子どもみたいだわ」

「アビゲイルは落ち着いているね」

「ええ。ここへは年に一度、家族で来るの」

十三歳のアビゲイルは、落ち着いた様子でアルベルタと共に歩いている。前を行く伯爵家の兄妹とは随分《ずいぶん》離れてしまった。

「それにしても、驚いたわ。旦那様、あんなに喋《しゃべ》ってくださるとは思わなかったもの」

アビゲイルは今日がヴィクターとの初対面であるにもかかわらず、遠慮なく話しかけていた。かの【引き籠《こも》りの伯爵《アール》】が嫌な顔一つせず会話をしてくれたことが、意外だったようだ。

「そんなことよりも気になるのは、旦那様の誘いをお断りした正体不明の令嬢のことね」

「ええ、そうですね」

「財産もあって、顔も綺麗で、性格もそこまで悪くないのだから、結婚相手としては完璧よね。そんな伯爵の誘いを断る鉄壁の令嬢!! 気になるわあ」

アビゲイルの、どこの令嬢を誘ったかという予想を聞きながら、以前セドリック・ハインツが、ヴィクターに思い人がいると言っていたなと、ふと思い出した。

「アルベルタさんは知っているよね?」

「え?」

「だって、旦那様のすべてを管理しているでしょう? お屋敷の中で、旦那様の予定や手紙を把握しているのはアルベルタさんくらいだし」

その時になって気が付く。

ヴィクターは今日までの半年間、どこの令嬢にも会う約束をしていなかったし、ずっと屋敷に引き籠《こも》っていた。女性宛ての手紙なんぞ一通も認《したた》めていなかったのだ。

この時になってイザドラが言っていた、アルベルタはまったくヴィクターのことが眼中にないという言葉を理解した。

そうしてやっと、家族以外でヴィクターと接していた異性は自分だけであったと思い至る。

アルベルタは自分が盛大な勘違いをしていたのかもしれないと、やっと気付いた。

あの日、金貨一枚と引き換えに口付けをしたことを思い出す。

アルベルタが口付けを許したのは、以前医者から、男性は特に好意のある女性が相手でなくても、癒《いや》されるものなのだと聞いていたからだった。

そのため、ヴィクターは辛いことを誤魔化《ごまか》すために一番近くにいる自分に絡んでくるのであり、他意はないのだと思い込んでいたのだ。

アルベルタはその複雑な思いを、今すぐに整理できそうになかった。

「アルベルタさん？」

「え？」

「ごめんなさい。旦那様の個人的なこと、言えるわけないのにね」

「え、ええ」

足元がぐらりと歪《ゆが》み、眩暈《めまい》に襲われる。

アビゲイルから大丈夫かと声をかけられて、ハッとする。

少しふらついたが、眩暈《めまい》は治まっていた。

「具合悪いの？　医務室に――」

「いいえ、大丈夫。ちょっと人に酔っただけだから」

深く考えるのは止めよう。そう思って、その日は何事もなかったかのようにオペラを楽しみ、帰宅したのだった。

第六章　未熟な愛は見えない場所で育つ

「おはようございます、旦那様」

「おはよう」

　いつもの朝。

　——のはずだったが、アルベルタにとっては、少し違っていた。

　これまではアルベルタが「おはようございます」と言えば、ヴィクターが「ああ」と適当な返事をして終わりだった。

　いつから「おはよう」と返してくれるようになっていたのか、アルベルタにはわからない。

　いつの間にか食後に煙草を吸う時間がなくなり、煙草の在庫を買い足す頻度がかなり低くなっている。

　昨日イザドラに、ヴィクターが自棄《やけ》を起こさないように見守ってほしいと言われたので、さっそく気にしてみたところ、随分《ずいぶん》変化しているものだと驚いてしまった。

そして、自分自身に呆れる。いくらコーデリアからヴィクターに興味を持たないようにと言われていたからといって、このような変化にも気付かないほどヴィクターのことを見ていなかったなんて、ひどすぎると。

思い返すと、昔読んだヴィクターのマルヴィナへの手紙の中では、彼は祖母思いの優しい青年だった。

ところが、実際に会った彼は冷たく、他人の言動も無視し、視線すら合わせようとしない人物で、手紙の印象とはかけ離れていた。

その時点でアルベルタはヴィクターに失望してしまい、一気に興味を失ったのだ。

だが逆に、そんな経緯があったからこそ、アルベルタは他の女中達と違って私情を挟まず仕事ができたのかもしれない。

「――か？」

「え!?」

「聞いていなかったのか？」

「も、申し訳ありません」

つい考え事に夢中になり、意識が散漫になっていた。ヴィクターにしっかりしろと注意され、深々と頭を下げる。

「具合でも悪いのか？」

「いいえ。なんでもありません。……もう一度、ご用件をお聞きしても？」

「ああ。イザドラが百貨店に行きたいと言っていたのだが、次の優待券の日付はいつだったかと」

「少々お待ちください」

懐《ふところ》から手帳を取り出して、優待券の日付を確認する。

「ちょうど、明日となります」

「そうか。また急だが、その日でいいか聞いてきてくれるか？」

「かしこまりました」

アルベルタが扉に向かおうとすると、ヴィクターに呼び止められる。

「ついでに母上も行くか聞いておいてくれ」

「大奥様も、ですか？」

「断られるかもしれないが、念のため誘っておこうかと」

コーデリアはセールの日にずらりと並ぶ人々を見て、百貨店は庶民が行く店だと思い込んでいるのだとか。

若い貴族の支持を得ている百貨店ハロッドであるが、ある程度の年齢の貴婦人には、既製品が並ぶ店に不信感を抱いている者も多い。

今回コーデリアを誘おうとしている理由は、最近見合いの件などで不機嫌《ふきげん》な日が続いているので、宝石の一つでも買って怒りを鎮《しず》めてもらう魂胆《こんたん》らしい。

「まあ、無理に誘うわけではないから、聞く時もそれとなくで構わない」

「承知いたしました」

果たして、コーデリアは百貨店へ行くのか。アルベルタも気になるところである。

それにしても、このヴィクターが自《みず》らコーデリアを誘うなんて初めてのことであり、アルベルタは心底驚いていた。

「……なんだ？」

「あ、いえ」

ヴィクターの顔を凝視していたことに気が付き、視線を斜め上に逸《そ》らす。

それだけでは失礼なので、見ていた理由を適当に述べた。

「旦那様がご家族とお出かけするなんて、珍しいなあと思いまして」

「まあ、多少心を入れ替えたというところだ」

「左様でございましたか」

「それにイザドラが社交界デビューすれば、いつ嫁に行くかもわからないからな。妹の我儘《わがまま》を聞けるのも今のうちだ」

先日、イザドラをオペラに連れていった時、想像以上に喜ばれたので、ヴィクターも悪い気はしなかったようだ。

「今まで、家族に対して色々と間違った行《おこな》いをしていた。今からでは遅いのかもしれないが、できるだけのことはしたいと思っている」

そんなことを言いながら、柔らかに笑う男をアルベルタは知らない。

「……それでは、失礼いたします」

「ああ」

毎日手帳に書き込んでいた、ヴィクターのご機嫌欄に初めて【良好】と記入する。

部屋を辞し、廊下を早足で歩く。

ヴィクターは変わった。なぜ、今まで気付かなかったのか。

そんな問いかけを繰り返しながら、アルベルタは仕事に取りかかった。

◇◇◇

アルベルタの工場生活は悲惨《ひさん》の一言だった。

狭い相部屋。

水しか出ない風呂場。

厳しい肉体労働。

安い賃金。

不味《まず》い食事。

そのすべてが、今までの人生で味わったことのない、過酷《かこく》なものだった。

中でも最悪だったのが、次々と寄ってくる男達から身を守らなければならないことだった。基本的に男女が働く部署は別だったが、アルベルタの噂を聞いて男がわざわざやってくるのだ。

当時のアルベルタは見た目から所作から貴族そのものだった。

輝くように艶《つや》やかな髪、真白な肌、柔らかい物腰。

マルヴィナの教育の賜物《たまもの》であったが、工場ではそれが悪目立ちする。

男達に絡まれ、女達からは妬《ねた》まれるという、行き場所のない毎日を過ごした。

アルベルタは男好きのする容姿だったが、貞操については厳しく躾《しつ》けられていたので、結婚相手でない異性との交遊などもってのほかだと思っていた。そのような態度も、さらに男達の好奇心をくすぐるらしかった。

そんな劣悪な環境の中で、アルベルタは極力目立たないように、周囲の不興を買わないようにとさまざまな対策を練ったが、そんな生活を続けるうちに貴族としての矜持《きょうじ》はすっかり擦り減ってしまった。

純粋だったアルベルタは、しばらくすると人生なんてどうでもいいと、すっかりなげやりになっていた。

だが、後悔はしていない。

髪の毛を短くしたり、気安い下町言葉を覚えたりして周囲に溶け込むことができたからこそ、ここまで生きのびることができたのだ。

その代わり、マルヴィナが授《さず》けてくれたものは、ほとんど失ってしまった。それがヴィクターに自分がマルヴィナの侍女をしていたと言い出せない理由でもある。

ヴィクターに、アルベルタ・ベイカーとして合わせる顔がないと思っているのだ。

つい数日前、ラザレスからなげやりな選択はするなと怒られてしまったが、この先どうするか、アルベルタは迷っていた。

母親を頼るか。コーデリアに頼んで遠くの職場を紹介してもらうか。それとも――

否《いな》、第三の選択はないと、首を振ってその可能性を打ち消した。

◇◇◇

「――百貨店ですって⁉」

「ええ。旦那様とお嬢様と三人で」

まずはイザドラの予定を伺《うかが》い、明日で大丈夫だと聞いたので、次にコーデリアの答えを聞きに来た。

「はい。旦那様が大奥様も是非にと。家族揃ってのお出かけを、とても楽しみにされていましたよ」

「そう……。でもあそこって庶民のお店みたいじゃない？」

「いえ、中の店舗は国内に住まうすべての人々が満足できる品揃えとなっております」

「そうなの？」

アルベルタは百貨店の回し者のような説明をする。

先日買い物に行った感想などを述べていると、コーデリアもだんだんと興味が湧いてきたのか、同行を承諾した。

「ありがとうございます。それでは旦那様にご報告しますね」

「まあ、今回はあの子がどうしてもって言うから、仕方ないわね」

そんな風に言ってはいるが、心から嬉しそうに微笑むのをアルベルタは見逃さなかった。

「あなたも行くの？」

「いいえ、供にはラザレスを」

「そう」

こうして、初めて伯爵家が揃って出かけることになったのだった。

本日は伯爵家の面々とラザレス、アビゲイルの従者《ヴァレット》二名で百貨店に出かける日。

居間では、一人を除いてすでに準備万端で待機している。

「……大奥様、遅いな」

待ちくたびれたラザレスがぽつりと漏らす。イザドラは紅茶を優雅に啜《すす》り、ヴィクターは大人しくしている。そんな中、アビゲイルが伯爵家の兄妹に話しかけた。

「あの、ちょっといいですか？」

「何かしら？」

「えっとですね、少しご提案がありまして」

アビゲイルは遠慮がちに切り出した。

「実はですねえ、一週間後がアルベルタさんの誕生日でして、誕生会を予定しているのですが……」

「まあ、知らなかったわ。それで、会場を借りたいとか？」

「いえいえ。そんな大がかりなものではありません。使用人の休憩室で、アルベルタさんと仲良しの使用人六人で行《おこな》うささやかな誕生会なんですよ」

「待って。どうして私を呼ばないのよ。それよりもなんでそんな場所でするの？」

「いやあ、場所については他の使用人の邪魔にならないようにです。それと、お嬢様は駄目です。ただの使用人の誕生日に家の方が加わったら、他の使用人達の嫉妬《しっと》を買うことになりますから」

アビゲイルの言葉にしゅんとするイザドラ。ヴィクターはその隣で静かに聞いている。

「でも、お祝いはしたいわ」

「そうだと思いましてね!! アルベルタさんにお祝いの品を用意していただけたら嬉しいな～と」

「何よ、それ？」

アビゲイル達が考えているのは『秘密のプレゼント』というサプライズイベントだった。

「それぞれ匿名《とくめい》の贈り物を用意して、贈り主をわからなくする、というものです」

「どうしてそんなことをするの？」

「それはですねえ〜、ちょっとした理由がありまして……」

アルベルタは、とにかく他人から何かをもらうのが苦手だった。そのため、贈り物をすると激しく恐縮してしまうのである。人に頼らないで生きたいと思うあまり、人からの厚意を上手く受けることができなくなっているのだ。

「変な人ね。借りを作りたくないってことなのかしら？」

「まあ、あいつにも色々とあるんだよ」

「色々って？」

ラザレスがつい口を挟むが、それ以上は喋《しゃべ》ろうとしなかった。

「そんなわけなので、だったら誰が何を用意したかわからないように贈り物を用意して、遠慮せずに受け取れ〜!!って一気に渡そうと思っているのです」

「よく考えたわね」

「ええ！」

イザドラとヴィクターもその案に賛同する。

「ねえ、本当に私は参加したら駄目なの？」

「う……。だ、駄目です」

「使用人の服を着て、バレないようにしても、駄目かしら？」

「それは……」

「お願いよ」

イザドラの懇願《こんがん》に、アビゲイルは仕方なく頷く。

「ま、まあ、イザドラお嬢様とわからない服装であれば、ねえ、ラザレスさん？」

「ああ、いいんじゃねえ？」

その発言を聞いて、ピクリと反応を示す者がイザドラの他にもう一人いたが――

「あ、旦那様はお仕着《しき》せを着ても駄目ですよ。すぐバレてしまいますので」

密かに参加したかったヴィクターはがっくりと項垂《うなだ》れた。

ようやくコーデリアの準備が終わり、一同は百貨店へと出かけることになった。

夏季のセール期間中であったが、優待客のみを招く日だったので、店内は落ち着いている。

「まあ、そこまで悪くもないわね」

コーデリアは百貨店ハロッドの内装を、上から目線で評する。

外観は女王が過ごす城を模したものであり、内部は白を基調とした上品なものとなっている。一階の宝飾品売り場は彫刻や絵画が飾られ、豪華絢爛《ごうかけんらん》な雰囲気だった。

店内は二百以上の専門店が入っており、最近では王室御用達《ごようたし》という噂も流れている。

「とりあえずここの階を見て回るわ。あなた達はどうするの？」

「私はアビゲイルと四階にある雑貨売り場に」

「そう。ラザレス、イザドラについていってくれる？」

「かしまりました、大奥様」

そんな中、ヴィクターは一人ぼんやりしていた。

頭の中はアルベルタへの贈り物のことでいっぱいで、一体何を選べばいいのかと悩んでいる。

「さあ、行くわよ」

いつの間にか、ヴィクターは母親に同行することになっていた。

渋い表情を浮かべながらも、コーデリアの後ろを大人しくついていく。

煌《きら》びやかな宝飾品売り場では、宝石がガラスケースの中で目が痛くなるほどの輝きを放っていた。コーデリアは端の店から、じっくりと吟味《ぎんみ》している。

時々、ヴィクターを振り返って似合うかどうか聞いてきたが、ヴィクターは興味を持てず頷くだけだった。

「ねえ、ヴィクター。こちらとこちら、どちらにしようかしら？」

コーデリアが真剣な面持《おもも》ちで、どの首飾りを買おうかと聞いてくる。

ヴィクターは、面倒だから両方買えばいいじゃないか、という言葉を呑み込んだ。今まで女性の買い物に付き合った経験はないが、以前セドリックが言っていたことを思い出したのだ。

『女性の買い物に付き合うのは本当に骨が折れる作業だ。時間はかかるし、どっちがいいと聞いてくるから答えたら、やっぱりこっちを買おうって、自分が選んだほうじゃない品を買ったり。どうして聞くのか謎だよね、ヴィクター君。ああ、女性とお付き合いした経験のない君にはわからないか。ははは』

記憶を蘇《よみがえ》らせて腹立たしくなってきた。

女性と付き合った経験がないのは、心に決めた女性がいたからだと、自《みずか》らに言い聞かせる。

「ねえ、ヴィクター？」

コーデリアが選びかねているのは、銀を編み込んだ細工にダイヤモンドが嵌《は》め込まれた物と、白を基調とした琺瑯《エナメル》細工に花を模したアメシストが輝く物の二種類。

正直に言えば、二つの首飾りの良さを欠片《かけら》も理解していないので、どう答えていいかわからなかった。

困りきったヴィクターは、以前アルベルタがしていたように、店員に助けを求める。

双方の商品の説明を尋ねると、店員はわかりやすく説明してくれた。

「ならば、こちらが母上にお似合いかと」

「そうね。それにしようかしら」

思わず安堵のため息が出た。

ヴィクターは、またもやアルベルタに助けられたな、と一人笑みを零《こぼ》した。

コーデリアが喫茶店で休むと言うので、一時的に別れた。この階にはアルベルタが喜びそうな品はないように思えたため、再びエントランスホールの案内板の前に移動する。

現実的に考えて、一番喜びそうなのは酒だ。しかしながらヴィクターは、誕生日なので手元に残る物を贈りたいと考えていた。

色々な品を思い浮かべていると、案内板の隣にあるポスターが目に入ってきた。

――『異国物産展』。世界各国から取り寄せた珍しい品の展示と販売を行《おこな》っていると書いてある。場所は四階にある特別催事場だ。

結局考えがまとまらなかったヴィクターは、とりあえず物産展に行ってみることにした。

四階の雑貨売り場は、優待日だけあって閑散《かんさん》としている。

異国物産展は階の中央で開催されていた。ただし客はほとんどいないようで、店員達が暇そうに埃取《ほこり》りをしている。

一歩その空間へ足を踏み入れると、獲物が来たとばかりにすぐさま店員に捕獲されてしまった。

「いらっしゃいませ、旦那様。どのような品をお探しで」

まずは一人でじっくり品定めをしたいと思い、手を振って店員を追い払った。ガラスケースの中に並べられている商品を見て回る。

ふと、鎖が輪になっていて、先端《トップ》に花の細工の付いた装身具が目に留まった。

「さすがは旦那様、お目が高い！　こちらは青銅のアンクレットでして、足首に巻く装身具でございます」

店員はヴィクターの睨《にら》みにも臆《おく》さず、商品の説明を続ける。

「異国の職人が作った一点物でございます。国内での流通はここだけになりますよ」

ヴィクターは、足首用の装飾品ならば仕事着の下にも着けることが可能なのでは、と考える。

値段もそんなに高くはない。

「わたくしは隣国の者なのですが、ここの女性達はほとんど肌の露出をなさらないですね」

商人の言うように、この国では、女性は露出の少ないものを身に着けるべきだ、という風潮がある。そのため、服の意匠《デザイン》は首から踝《かかと》まで肌が出ることがないように作られていた。特に女性が足首を見せるのははしたないという認識がある。

したがって、アンクレットは一つも売れなかったと店員は残念そうに語る。

「でもね、肌を見せないからこそ、素晴らしいと思うのですよ！　例えば、風が悪戯《いたずら》に吹いて、スカートが翻《ひるがえ》って恋人の足元が露《あら》わになった時に、ちらりと自分が贈ったアンクレットが見えたり――夜、一糸まとわぬ姿となった時に、このアンクレットだけを身に着けていたり、とかですね‼」

ヴィクターは、ここで買えばそういった行為を楽しむために購入するようではないかと、店員を睨《にら》みつける。

しかしながら、そのアンクレットから目を離せなかった。

一目で気に入ることなど滅多にないので、店員の態度は気に入らなかったものの、ヴィクターはそのアンクレットを購入することに決めた。

「旦那様、こちらはサービスで付けさせていただいております」

そう言って差し出されたのは、またもやメッセージカードだった。匿名《とくめい》で贈るので必要ないと言おうと思ったが、強引な店員に押し付けられてしまう。

匿名《とくめい》ならバレることもないかと思い、ペンを手に取って、さらさらとインクを滑らせる。

その文字を読み返した途端、我に返り、なんてことを書いたのかと慌てて封筒の中に入れた。

それを懐《ふところ》に入れようとしたところで、店員に引き抜かれて贈り物と一緒に包まれてしまった。

内容を思い出すと、ヴィクターは恥ずかしさでどうにかなってしまいそうになる。しかしながら、誰が贈ったかわからないようになるので大丈夫かと、前向きに考えることにした。

散り散りになっていた面々はその一時間後に再会を果たし、帰宅することになった。

イザドラ達もアルベルタへの贈り物を買ったようで、馬車の中で渡すのが楽しみだという会話で盛り上がっていた。

◇◇◇

本日も霧《きり》の都《みやこ》は曇天《どんてん》。

変わりない伯爵家の朝——だったが、ヴィクターは挙動不審だった。

本日はアルベルタの、二十七歳の誕生日。お腹を痛めて産んでくれた母親に感謝する日でもあったが、本人の心境は今日の空のように曇っていた。

一年という期間が年を取るにつれて早くなっている気がする。これではあっという間に三十、四十、五十になってしまうのでは？　という危機感を覚えていた。

しかしながら、そんな自《みずか》らの悩みはおくびにも出さず、今日もアルベルタは笑顔で給仕《きゅうじ》している。

朝食後、アルベルタはヴィクターの予定を読み上げる。

「本日は午前中にベリー&スワロウ社のアーサー・ホウルマン氏がお見えになり、お昼にはレントン伯爵家のウイルシン・リーヴ様との会食、午後からは大奥様とリルストン男爵令嬢の結婚祝いに――」

淡々と読み上げられる予定を聞きながら、ヴィクターは憂鬱《ゆううつ》になっていた。

今日はアルベルタの誕生日なのに、一日中忙しい。しかも人に会う約束ばかりだ。

いっそのこと、すべての予定をなしにして、彼女と共にどこかへ出かけたい。

そんな妄想を浮かべるが、即座に却下されることはわかっている。

「――以上です」

「わかった」

誕生日おめでとうの一言でも、と考えたが、贈り物に同封したメッセージカードのことを思い出し、言葉に詰まる。

今日がアルベルタの誕生日だと知っていることは、隠しておいたほうがいい。あのメッセージの贈り主が自分だと絶対にバレてはいけない。

そう考えたヴィクターは、何も言わずにその場を離れた。

アビゲイルは朝から張り切って誕生会の準備をしていた。

会場の片隅を占拠している沢山の包みは、『秘密のプレゼント』企画で集まったアルベルタへの贈り物。

本当に誰が贈ったかわからないように、各々店に配達してもらったのだ。多くの人達が『秘密のプレゼント』企画に参加してくれたので、手押し車の上には贈り物が山のように載っている。

誕生会の会場となる休憩室も、華やかに整えられていた。

アビゲイルはリボンや紙で作った花などを飾りながら、部屋を掃除したメアリーを労《ねぎら》う。

「メアリーさん、頑張りましたね」

「アルベルタさんにはお世話になっていますので、つい夢中に」

メアリーはにっこりと笑う。

「あとは料理ですね！」

「ええ。お昼にお客様がいらっしゃるから、お台所は戦争です」

「夜は旦那様も大奥様も男爵家の晩餐会《ばんさんかい》にお呼ばれしているので、もう少ししたら空《あ》くはずなんですけどね。それまで絶対に近づかないようにしなくては」

「は、はい」

「触らぬ料理長に祟《たた》りなし、ですよ～」

料理長は朝から激しく荒ぶっている。台所女中《キッチンメイド》達を可哀想に思いながらも、二人は誕生会の準備に勤《いそ》しんだ。

イザドラは母親と兄が出かけたのを確認するやいなや、こっそりと使用人の仕着《しき》せを身にまとう。いつもはしっかり巻いている髪の毛を解《ほぐ》し、地味な三つ編みのお下げにした。これで間違いなく使用人に見えるだろうとラザレスに見せると、「どこから見てもイザドラだ」と言われてしまった。だがこれ以上どうすることもできないので、そのまま他の使用人――特に女中頭《じょちゅうがしら》のヨランダに見つからないように、早足で誕生会の会場へ向かう。

部屋の中ではすでに参加者達が主役を待っていた。

台所女中《キッチンメイド》のマリア、コーデリア付きの侍女のリリアナ、家女中《ハウスメイド》のメアリー、イザドラ付きの侍女のアビゲイル。そこにラザレスと謎の美少女女中――イザドラが加わって全員揃った。

この誕生会については、もちろんアルベルタには伝えていない。サプライズパーティなのだ。

アビゲイルが一緒に茶を飲もうと誘っておいたので、すぐに来るはずだと言う。

数分待っていると、遠くからコツコツと歩く音が聞こえてきた。

部屋の中の者たちは会話を止め、静かに待った。

そして、扉が開かれた。

「──アルベルタさん、お誕生日おめでとうございま～～す!!」

「うわ!」

完全に油断していたアルベルタは、持っていた菓子の入った缶を床に落としてしまった。

「え、何!?」

あたふたするアルベルタに、アビゲイルが声をかける。

「お誕生会ですよ、アルベルタさんの」

「私の、誕生会?」

「そうです!!」

アルベルタは綺麗に飾りつけられた部屋を見回し、【お誕生日おめでとう、アルベルタさん】と書かれた垂れ幕に気付く。

すべてが手作りの、心がこもった誕生会である。

アルベルタは思わずうっすらと涙ぐんだ。

「ありがとう、みんな」

「いえいえ！　ささ、アルベルタさん、座って！」

どうぞと勧められた立派な椅子は、どこぞの伯爵様の私室にあった物にしか見えない。

アルベルタは気のせいだろうと思い、お言葉に甘えて腰かけることにした。

「ほら、料理もすごいでしょう？」

「ええ、本当に」

机の上にはさまざまなご馳走が並べられている。

真ん中に鎮座している、季節の果物と生クリームたっぷりのケーキはマリアの力作。

他にはマッシュポテトにオニオンを和《あ》えたチーズのタルト、グレイビーソースのかかったローストビーフのプディング添え、茹でたマカロニに粉チーズと胡椒《こしょう》を振ったもの、ラム肉と香草のパイ包み、サーモンとトマトのカナッペに、白身魚のゼリー寄せ、籠《かご》の中には山盛りの丸パンがある。

さらに、酒好きのアルベルタのために数本のワインが用意されていた。

「……本当に、ありがとう、私なんかのために」

「私なんかじゃないよ、アルベルタさん」

と、アビゲイルが言う。

「そうだよ。気にしないで図々しく受け入れろよ」

ラザレスも遠慮モードに入ろうとしていたアルベルタの肩を叩く。

「そうよ、あなた変なところで慎《つつ》ましいんだから！」

イザドラも活《かつ》を入れた。

そんな皆からの温かな言葉に、アルベルタも笑顔になる。

「他人からの厚意はありがたくいただくのが礼儀なのよ！」

「はい。イザドラお嬢様、ありがとうござ――え⁉」

目元を拭《ぬぐ》っていたアルベルタは途中でハッとなり、思いきり顔を上げた。

「何よ？」

「ど、どうして、イザドラお嬢様がここに⁉」

「嘘《うそ》、あなた、今私の存在に気が付いたの⁉」

「申し訳ありません」

「鈍感にもほどがあるわ！」

使用人のお仕着《しき》せをまとってはいるものの、変装になっていないイザドラに、アルベルタはまったく気付いていなかったのだ。

部屋の中は笑い声で溢《あふ》れる。

楽しい食事を終え、最後は『秘密のプレゼント』の贈呈式となる。

アビゲイルが贈り物でいっぱいの手押し車を押してやってきた。

「じゃーん!! これ、すべてアルベルタさんへの贈り物です」

「え!?」

料理を食べて終わりだと思っていたアルベルタは、再び目を丸くしている。

「誰が何を贈ったか秘密のプレゼントですよ」

「ど、どうして?」

「だってアルベルタさん、贈り物のお返しとか気にするでしょう? そんなものは要らないの。ただ、感謝の気持ちを込めて贈りたいって人が集まって、こんなに沢山になってしまったのよ」

「そう、だったんだね」

「みんな、あなたに感謝しているのよ」

イザドラの言葉に、アルベルタの胸は温かなものに包まれた。

「ありがとうございます。本当に、嬉しいです」

「わかったなら、プレゼントを開けましょうよ」

「全部？　今？」

「もちろんよ!!」

匿名《とくめい》の贈り物は十五個あった。アルベルタは一つ一つ丁寧に開封していく。

中からは陶器のカップや花の髪飾り、ワインに手袋、動物の尾を使った櫛《くし》に手鏡と、さまざまな品が出てきた。それらを見ながら皆で感想を述べ、そこでもひとしきり盛り上がる。

中でも真珠母貝《しんじゅぼがい》の細工が嵌《は》め込まれた小箱は、艶《つや》やかな色彩を放っていて美しい。

その箱をうっとりと眺めるアルベルタを見ながら、イザドラは笑みを浮かべた。

「イザドラお嬢様、そこでにやけていたら、バレますって」

「に、にやけてなんかないわよ！」

そんな風に騒ぎながら、贈り物の開封は続く。

最後の一つは、手の平サイズの小さな箱だった。アルベルタは包みを解《ほど》き、箱を開ける。

「これは……ブレスレットかな？」

「いいえ、違います」

侍女のリリアナが、アルベルタの手元を覗《のぞ》き込みながら言った。

「これはアンクレットです」

「初めて聞くね」

アルベルタはリリアナの知識に感心する。

「ええ、あまり国内では流通していませんので。アンクレットは足首に巻く飾りです」

リリアナはコーデリアの侍女になってから、さまざまな装身具の勉強をしているらしい。

それを聞いたアビゲイルが不思議そうに言った。

「服で隠れるから、身に着けても見えないですよねえ……」

「ええ。けれど、見えない部分のお洒落《しゃれ》が、流行の兆《きざ》しを見せているんですよ」

アルベルタは話を聞きながら、アンクレットを持ち上げてじっと眺めている。

細工の色は不思議な色合いをしていた。それは青銅だと、リリアナに教えてもらう。

「薄い紅色《べにいろ》のようで、綺麗だね」

「ええ。手入れも銀や金よりは簡単です。柔らかい布でそっと拭《ぬぐ》うだけ」

「そうなんだ。ありがとう」

それで終わりと思いきや、リリアナの話は続いた。

「アンクレットは、恋人や伴侶《はんりょ》に所有の印として贈られるとも言われているんですよ」

リリアナの意外な言葉に、一同目を丸くする。

その時、アルベルタ以外の者達の頭には、同じ人物が浮かんだ。

もちろん、誰もその贈り主について触れはしない。

「アルベルタさん、お手紙が」

箱の底に入っていた封筒の存在に、リリアナが気付く。

アルベルタは封を開き、中からカードを取り出した。書かれてあったのは一言だけ。


――愛を込めて。


メッセージを読んだアルベルタは、頬を紅く染め、突然俯《うつむ》いてしまった。

らしくない執事の反応に、その場にいた者達もメッセージの内容を勝手に想像して照れている。

「――よし!! 撤収!!」

その空気に耐え切れなくなったラザレスの一声で、誕生会はお開きとなった。

アルベルタは呑みかけのワインの瓶とチーズの塊《かたまり》を押し付けられ、部屋を追い出される。贈り物は後ほど、部屋に届けてくれるという。

アルベルタは、いまだ呆然とした状態で私室まで帰る。

部屋の電灯を点《つ》けて、先ほどのカードを見間違いではないかと確かめた。

しかしながら、そこにはしっかりと、熱烈な一文が綴《つづ》られていた。

カードには名前は記されていなかったが、その文字は何年も前から見慣れていたものだった。

綴《つづ》られた文字を指でなぞると、じんわりと胸が熱くなる。

その時、アルベルタは長年忘れていた、温かな感情に満たされたのだった。

番外編

まどろみお泊まり会

「パジャマパーティですって？」

イザドラは目を丸くしながら、アビゲイルに聞き返す。

「何よ、それ？」

イザドラの興味津々《きょうみしんしん》といった様子に気を良くしたアビゲイルは、得意そうに説明する。

「えっとですね、パジャマパーティとは、夜に誰かの部屋に集まって、パジャマ姿でお菓子を食べながらいろんなお話をしたり、寝台の上でゲームをしたり、本を読んだりして夜更《よふ》かしするパーティのことです」

普段はそんなお行儀の悪いことはできないけれど、パジャマパーティなら許されるのだと、アビゲイルは話す。

「夜にそんなことをするなんて、信じられないわ。で、それを一昨日あなたは――」

「アルベルタさんと一緒にしました！」

ガーディガン伯爵家に住み込みで働くようになったアビゲイルは、枕が変わったことで寝つきが悪くなったという。それを聞いたアルベルタは、冗談めかして「一緒に眠ってあげようか？」と言ったらしい。

そこで、アビゲイルはここぞとばかりにパジャマパーティを提案し、二人の休日前夜に実現したということだった。

「すごく楽しかったですよ！　一緒にお菓子を食べて、お喋《しゃべ》りをして――」

夢見るような顔で語るアビゲイルを前に、イザドラは奥歯を噛み締める。

「ふ、ふうん」

「アルベルタさんのお隣で眠ったら、久しぶりにぐっすり眠れて……。なんだかお姉様がいたら、こんな感じだったのかな～って。私、一人っ子なので、嬉しくて」

イザドラはいても立ってもいられず、今すぐここに執事を呼ぶようにと、アビゲイルに命じた。

「え、アルベルタさんをですか？」

「ええそうよ。連れてきたら、あなたは部屋の外で待機していてちょうだい」

「かしこまりました！」

なんの疑問も持たずに、アビゲイルはアルベルタを呼びに行った。しばらくすると、扉をノックする音が聞こえる。

「イザドラお嬢様、お呼びでしょうか？」

「ええ、そこにかけてくれるかしら？」

一体なんの用事だろうかと、アルベルタは首を傾げながら長椅子に腰かけた。

「一昨日、アビゲイルとパジャマパーティとやらをしたそうね」

「ええ」

アルベルタはそれがどうかしたのかというように続きを待っている。

「――どうして、私を誘ってくれなかったの？」

「パジャマパーティに、ですか？」

「そうに決まっているじゃない！」

イザドラは、いつも二人がこそこそと楽しそうなことをしていると責めてくる。

それを聞いたアルベルタは、笑いを堪《こら》えながら頭を下げた。

「申し訳ありませんでした。まさか、イザドラお嬢様も興味がおありだったなんて」

「今度、何かする時は、私にも事前に報告して」

「承知いたしました」

　話が一段落したかと思い部屋を辞そうとしたが、イザドラは続けて問いかけてくる。

「で、次はいつするの？　次こそは、私も絶対参加するんだから」

　意気込むイザドラに、アルベルタは困った顔で答える。

「しかしお嬢様、使用人の部屋にお招きするわけには……」

「だったら、私の部屋ですればいいわ」

　普通の使用人ならば、家人の部屋に泊まりこむなんて言語道断だと言うところだろう。

　しかし、怖いものなしのアルベルタはあっさりと、イザドラの提案を受け入れた。

「では、次の休みの前夜にいたしましょうか」

「ええ、そうしましょう。あと、あの子、アビゲイルも誘ってあげて」

「かしこまりました」

　パジャマパーティの開催は一週間後。菓子と本は、各々《おのおの》持ち寄ることにした。

　満面の笑みを浮かべながら楽しみだと呟《つぶや》くイザドラを見て、アルベルタは微笑ましく
なったのだった。

◇◇◇

一週間後。

いつものようにアルベルタが執務室へ行くと、渋面《じゅうめん》のヴィクターがいた。

「朝から妙にイザドラが浮かれていたが、あれは今日、どこかへ出かけるのか？」

「いいえ、そんなご予定はないかと」

「ならば、誰かから手紙が届いたとか？」

「ご友人方からお茶会のお誘いは届いていたようですが、それ以外は、特に」

眉間の皺《しわ》を深めるヴィクター。

低い声で、ありえないことだが、と前置きをし、アルベルタに問いかける。

「……まさか、変な虫が付いているのではないだろうな？」

アルベルタはそれを聞いて、曖昧《あいまい》に笑った。それを見たヴィクターはさっと顔を青くし、どこの誰だと詰め寄ってくる。

「私です」

「……は？」

「今晩、イザドラお嬢様とパジャマパーティをする予定なので、きっとそれが楽しみなのでしょう」

「パジャマパーティ？」

聞きなれない言葉に、ヴィクターは顔をしかめている。

アルベルタは少女達のお楽しみであるこのイベントについて説明した。

ヴィクターは紛らわしいとぼやきながらも、どこか安堵したような表情を浮かべていた。

その日の夜。ついに待ちに待ったパジャマパーティの時間になった。

コーデリアや使用人達には内緒なので、アルベルタとアビゲイルはイザドラの部屋でこっそりパジャマに着替えた。

アルベルタは足元まですっぽりと覆《おお》うシュミーズドレスを着込む。

筒状のシルエットで、袖《そで》はふんわりと膨らんでいる可愛らしい一着であるが、アルベルタがまとえばどことなく色っぽく見える。これは前回のパジャマパーティの日に、アビゲイルと共に百貨店で購入した物だった。

アビゲイルはシンプルなナイティドレス。胸に犬の刺繍《ししゅう》があるのがポイントだ。

イザドラはフリルがふんだんにあしらわれた、絹のネグリジェを着用。

「うわあ、イザドラお嬢様、そのネグリジェ、可愛いですねえ」

「そうでしょう？」

今日のパジャマパーティのためにわざわざ新しく買ったのだが、アビゲイルは知る由《よし》もない。

テーブルの上には、皆で持ち寄った菓子が並べられている。

アルベルタが持ってきたのは、メープルシロップ味のショートブレッドと、オレンジ風味のチョコレート。アビゲイルはレモンカードとビスケットを、イザドラは使用人に頼んで作らせた木の実入りのスコーンに、ドライフルーツたっぷりのバターケーキなどを用意した。

部屋の暖炉で湯を沸かす。今日はイザドラが接待役《ホスト》なので、手ずから紅茶を淹《い》れてくれる。アルベルタとアビゲイルは、恐縮しながらもティーカップとソーサーを受け取った。

「――では、そろそろ始めましょうか」

イザドラの一言で、真夜中のパーティが始まった。

菓子を食べる前に、アビゲイルが可愛らしくラッピングされた包みを差し出す。

「これ、イザドラお嬢様に！」

「何かしら？」

イザドラが驚きながら受け取ると、包みの中には一口大の楕円形《だえんけい》のお菓子が入っていた。

「これは？」

「ドラジェっていう、アルベルタさんの国の伝統菓子なのです！　二人で作りました」

ドラジェは炒《い》ったアーモンドに、水飴《あめ》をコーティングしたお菓子である。

「へえ。ドラジェって面白い名前ね。どういう意味なの？」

その質問には、アルベルタが答える。

「――あなたの、幸せの種が芽吹きますように」

意味を聞いた瞬間、イザドラは頬を紅く染め微笑んだ。

二人の気持ちが嬉しくて、少し涙ぐんでいるようだ。

「……ありがとう。大切に食べるわね」

イザドラの様子を見て、作ってよかったと目と目で会話するアルベルタとアビゲイルであった。

それから菓子を食べつつお喋《しゃべ》りに興じ、遊戯盤《ボードゲーム》で盛り上がり、寝台の上で朗読会をした。

ようやく布団に入ったのは、日付が変わるような時間帯であった。

アルベルタを挟んで横たわる少女達。

アビゲイルは「おやすみなさい」と言ってすぐに寝入ってしまった。

「この子ったら、眠れないなんて嘘《うそ》よ」

アルベルタは微笑ましく二人の顔を見ている。

「喋《しゃべ》り疲れてしまったのでしょうね」

「まあ、いいけれど」

イザドラはぐっとアルベルタに近づき、耳元で囁《ささや》く。

「ねえアルベルタ、また、こうやって一緒に眠ってくれる？」

「…………ええ、いつでも」

「ちょっと、今の間は何？」

「深い理由はありません」

アルベルタは笑って誤魔化《ごまか》した。

「嘘《うそ》よ！　なんだか意味深だったわ」

「大きな声を出すと、アビゲイルさんが起きてしまいますよ」

追及を止めないイザドラの背中を、寝かしつけるようにポンポンと叩く。
憤《いきどお》る振りをしながらも、イザドラは瞼《まぶた》を閉じた。
こうして、心地良い余韻を残し、彼女達のパジャマパーティは幕を閉じたのであった。

書き下ろし番外編

甘い罰

「コルセットなんて大嫌いよ!!」

朝から、イザドラの叫び声が響き渡る。

昨日届いたばかりのドレスの試着をしていたようだが、最新のコルセットを締めた瞬間、突然癇癪《かんしゃく》を起こしたのだ。

ドレスは来週ガーディガン伯爵家で行われる〝家庭招待会《アットホーム》〟の日に着るもの。

別名〝モーニング・コール〟とも呼ばれる家庭招待会は、家を開放し客人を招き入れて茶を楽しむものである。

もともとは中産階級の女性の習慣であったが、最近は貴族階級の間でも行《おこな》うようになった。

基本的に、ひと組ずつ会話を行《おこな》い、次の訪問者が来たらどんなに話が盛り上がっていても帰るのがルールである。

ゆったりと会話することを美徳とする貴族階級の女性達は、忙《せわ》しない家庭招待会に最初は眉をひそめた。

一日に多くの人達と交流ができるので、実に効率的でもあるが、それを、貴族階級の女性達は好まない。

しかしながら、ある日女王が家庭招待会を開催したので、あっという間に社交界で流行《はや》ったのだ。

話はイザドラのコルセットの話に戻る。

社交界デビューを迎える娘達は、下ろしていた髪を上げ、コルセットをまとうことで一人前の貴族女性となる。

イザドラも、あと一年ほどで社交界デビューを迎える。その前に、家庭招待会でコルセットをまとう練習をしようという話になったのだ。

しかしながら、イザドラはコルセットの締め付けに拒絶反応を示した。

もう、どうにもならない。

困り果てた使用人は、アルベルタに助けを求めた。

我儘《わがまま》放題なイザドラではあるが、兄ヴィクターの専属執事であるアルベルタには、多少心を開いているのだ。

イザドラはアルベルタの姿を確認した瞬間、下着姿のままでかけ寄った。

「アルベルタ、聞いて！　みんな、ひどいの。私の胴を、死ぬほど締め付けるのよ！」

「それはそれは、大変でしたね」

アルベルタは同情を滲《にじ》ませ、イザドラに言葉を返す。

「コルセットは、拷問道具よ。こんなものを付けていたら、一歩たりとも動けないわ」

「わたくしめも、最初にコルセットを身に着けた時はそう思いました」

「でしょう？　もう、何もかも、嫌になっているの。ドレスをまとうことも、家庭招待会も」

「お気持ち、お察しします」

コルセットを強要したせいで、イザドラはすべてのものに拒絶反応を示しているのだという。

もう、こうなったらコルセットを身に着けさせることは困難だろう。

一旦、気分転換が必要だ。そう判断し、提案してみる。

「イザドラお嬢様、お疲れになったでしょう？　お茶の時間にしませんか？　そろそろ、スコーンが焼き上がる時間です」

「スコーン⁉」

途端に、イザドラの瞳がキラキラ輝く。彼女は甘い物に目がない。

イザドラが不機嫌だという報告を聞き、午後に提供予定だったスコーンを、すぐに型抜きして焼くように指示を出していたのだ。

「本日はチョコレートとラズベリーのスコーンを焼いたそうです」

「美味《おい》しそうだわ。でも――」

「でも？」

「家庭招待会の日まで、お菓子は我慢しなさいって、お母様に言われたの」

「おや、そうだったのですね」

なんでも、最近イザドラは体重が増えつつあるのだという。社交界ではほっそりした女性がもてはやされる。

そのため、菓子を我慢して減量するように言われたらしい。

イザドラの話を聞いたアルベルタは眉尻を下げ、困ったように呟《つぶや》く。

「イザドラお嬢様が召し上がらないとなると、スコーンが無駄になってしまいますね」

その言葉に、イザドラは「うっ！」とうめく。

「焼きたてあつあつ、サクサクに仕上がったスコーンを処分しなくてはいけないなんて、悲劇です……！」

芝居がかった言葉であったが、イザドラを動揺させるのには効果的であった。

「わ、わかったわ。食べてあげるから、持ってきなさい！」

「イザドラお嬢様、ありがとうございます！」

そんなわけで、スコーンを食べたイザドラはあっという間に機嫌を直した。

かといって、アルベルタはすぐにコルセットを身に着けさせようとはしない。

代わりに、先日百貨店ハロッドの外商が持ってきたパンフレットをイザドラに見せた。

「イザドラお嬢様、先日、ハロッドの方がこんなものを持ってきたのですが」

パンフレットに印刷されていたのは、優美なシルエットのドレスである。コルセットを締めて着るようなものではない。

初めて見るドレスに、イザドラは目を見張る。

「アルベルタ、これはなんなの？」

「ティーガウンと呼ばれる、室内用のドレスです。かの女王陛下が、このティーガウンをまとってお茶会を開いたことにより、最近貴族女性の間で人気を博しているようで」

「まあ！　そうなの。これだったら、コルセットをまとわないで、お茶会に参加してもいいのね！」

「ええ、そうなんですよ」

ティーガウンは室内専用なので、外は歩けない。けれど、一日中家にいる家庭招待会にはうってつけのドレスなのだ。

ただでさえ家庭招待会に参加するのは初めてである。それに加えて、コルセットを強要するのはあまりにも可哀想だ。アルベルタはそう思い、この家の女主人であるコーデリアに許可を得て、イザドラにティーガウンを紹介した。

「生地には柔らかい、カシミヤやコットンが使われているのね」

「はい。お体に負担がかからない一着かと」

「だったら、これを着て、家庭招待会に挑むわ！」

「では、ハロッドの方に連絡しておきますね」

「お願いね」

「かしこまりました」

アルベルタは恭《うやうや》しく頭《こうべ》を垂れ、部屋から出ていった。

ホッとしたのもつかの間のこと。

今度は従僕《フットマン》であるラザレスが、アルベルタに助けを求める。

「おい、大変だよ！」

「何が大変なのですか？」

「旦那様のご機嫌が、めちゃくちゃ悪い！」

「あら、そうでしたか。今日はいつもより、ご機嫌は良さそうな気がしましたが」

「いや、アルベルタが茶を持ってくるとか言ったのに、俺が持っていったじゃんか。それが原因だよ」

「まさか。小さな子どもでもあるまいし」

アルベルタが茶を持っていかなかっただけで、機嫌が悪くなるわけがない。そう思いつつ、主人であるヴィクターの執務室へ向かった。

「旦那様、アルベルタです」

「入れ」

上機嫌ではない声が返ってくる。否《いな》、これは不機嫌《ふきげん》な声だろう。

一日中、ご機嫌で過ごしてくれるわけはないか。アルベルタはそう思いつつ、扉を開いた。

執務に就くヴィクターは、不機嫌《ふきげん》という文字を擬人化させたような姿でいた。全身から、この世を憎むようなオーラを放っている。

眉間《みけん》に寄った皺《しわ》は、深淵《しんえん》よりも深いのではとアルベルタは思った。

「何用だ？」

「あ、いや、何か、ご用があるのかなと思いまして」

「何もない」

「左様でございましたか。では、これで」

「待て」

用事はないようなので、部屋から出ようとしたのに引き留められた。

「えーっと、何か？」

「今までどこに行っていた？」

「イザドラお嬢様のもとへ」

「なぜ、イザドラのところへ行く？　お前は、私の執事だろう？」

「呼ばれましたので」

「呼ばれた？」

「はい」

「それは、私に茶を持ってくるよりも、大事な用事だったのか？」

「ええ、まあ、なんと言いますか……」

面倒くさい絡み方をする。アルベルタは内心、深いため息をつく。

つまりは、イザドラとヴィクター、どちらが大事なのかと問いかけたいのだろう。

媚《こ》びへつらった様子で、「旦那様が世界一大事です」なんて言っても、素直に信じる男ではない。だから余計に、面倒なのだ。

「お前のような者を、尻軽執事と言うのだろう」

「はあ」

「誰にでも、だらしがない犬のように尻尾を振って、無駄に愛嬌を振りまく」

「ええ」

「安っぽい笑顔で、なんでも言うことを聞くのだろう?」

さすがのアルベルタも、ここまで言われるのは面白くない。

返事をせず、アルベルタはつかつかとヴィクターのほうへ接近した。

どっかりと机に腰かけると、さすがのヴィクターもギョッとする。

「賃金を上げていただけるのであれば、旦那様だけの忠実な犬になりますが?」

「は?」

「私を独占したいのであれば、もっとお金をください」

にっこりと微笑みかけると、ヴィクターはわかりやすいくらい赤面する。

ひどいこと言うので、これくらいの仕返しは許されるだろう。アルベルタは内心思う。

「コンテストでチャンピオンに輝くような犬は、お金をかけて手入れをしているのです。何も投資せず、思い通りになるとは思わないでくださいね、旦那様」

アルベルタは止《とど》めとばかりに、ヴィクターを煽《あお》るように顔を覗《のぞ》き込んだ。

先ほどまでは赤面していたが、今は悪魔のような形相で怒っている。

「おや……！」

ヴィクターは机を叩いて立ち上がり、アルベルタの腕を強く引いた。

そして、凄み顔で叫ぶ。

「この、悪辣執事め!!」

続けて、「出ていけ!!」と言う。

腕をぐいぐい引っ張り、執務室から追い出した。

「二度と、来るな!!」

「えーっと、解雇という意味ですか？」

「違う!!　お前は、三日間おやつ抜きだ!!」

ヴィクターはそう叫び、バタンと乱暴に扉を閉める。

「み、三日間、おやつ、抜き……！」

あまりにも可愛いらしい罰に、アルベルタは我慢しきれずに笑ってしまう。

ヴィクターの考える罰は、あまりにも甘い。
それが、おかしくてたまらなかった。
ヴィクターが扉を足で蹴り、「廊下で笑うな‼」と怒ったのは言うまでもない。

新感覚ファンタジー

RB レジーナ文庫

陰謀だらけの後宮で大奮闘!?

レジーナブックス Regina

妃は陛下の幸せを望む 1〜2

池中織奈　イラスト：ゆき哉

価格：本体 640 円＋税

ずっと片思いしている国王陛下の後宮に、妃の一人として入った侯爵令嬢のレナ。陛下のために、できることはなんでもしようと意気込んでいたのだけれど……後宮では正妃の座を巡っていざこざが起きており、それが陛下の悩みの種になっているらしい。そこでレナは後宮を立て直すことにして——？

詳しくは公式サイトにてご確認ください

https://www.regina-books.com/

携帯サイトはこちらから！

RC
Regina COMICS
追放された最強聖女は、街でスローライフを送りたい！
1
原作◎やしろ慧
漫画◎オミクニ

大好評発売中！

アルファポリスWebサイトにて
好評連載中！

追放された最強聖女は、街でスローライフを送りたい！
1
勇者に追放され、自由の身!のはずが
騎士も魔物も聖女をほうっておかない!?

待望のコミカライズ！

〝聖女〟と呼ばれるほどの魔力を持つ治癒師のリーナは、ある日突然、勇者パーティを追放されてしまった！理不尽な追放にショックを受けるが、彼らのことはきっぱり忘れて、憧れのスローライフを送ろう！……と思った矢先、幼馴染で今は貴族となったアンリが現れる。再会の喜びも束の間、勇者パーティに不審な動きがあると知らされて——!?

アルファポリス 漫画　検索

B6判／定価:本体680円+税／
ISBN 978-4-434-27796-2

本書は、2016年11月当社より単行本として刊行されたものに書き下ろしを加えて文庫化したものです。


この作品に対する皆様のご意見・ご感想をお待ちしております。

おハガキ・お手紙は以下の宛先にお送りください。

【宛先】

〒150-6008 東京都渋谷区恵比寿4-20-3 恵比寿ｶﾞｰﾃﾞﾝﾌﾟﾚｲｽﾀﾜｰ 8F
（株）アルファポリス　書籍感想係

メールフォームでのご意見・ご感想は右のＱＲコードから、
あるいは以下のワードで検索をかけてください。

アルファポリス　書籍の感想　検索

ご感想はこちらから

レジーナ文庫

悪辣執事《あくらつしつじ》のなげやり人生《じんせい》 1

江本《えもと》マシメサ

2020年11月20日初版発行

文庫編集－斧木悠子・宮田可南子
編集長－太田鉄平
発行者－梶本雄介
発行所－株式会社アルファポリス
〒150-6008 東京都渋谷区恵比寿4-20-3 恵比寿ｶﾞｰﾃﾞﾝﾌﾟﾚｲｽﾀﾜｰ8階
TEL 03-6277-1601（営業）　03-6277-1602（編集）
URL https://www.alphapolis.co.jp/
発売元－株式会社星雲社（共同出版社・流通責任出版社）
〒112-0005 東京都文京区水道1-3-30
TEL 03-3868-3275
装丁・本文イラスト－御子柴リョウ
装丁デザイン－AFTERGLOW
（レーベルフォーマットデザイン－ansyyqdesign）
印刷－株式会社暁印刷

価格はカバーに表示されてあります。

落丁乱丁の場合はアルファポリスまでご連絡ください。

送料は小社負担でお取り替えします。


ISBN978-4-434-28110-5 C0193